# 二人のウィリング

ヘレン・マクロイ
渕上痩平 訳

筑摩書房

ALIAS BASIL WILLING

by

Helen McCloy

1951

## 主な登場人物

キャサリン・ショー……………富豪の老婦人
ブリンズリー・ショー…………その甥
シャーロット・ディーン………キャサリン・ショーの付き添い
ジャック・ダガン………………私立探偵
マックス・ツィンマー…………ドイツ人の精神科医
グレタ・マン……………………その妹
オットー・シュラーゲル………ツィンマーの使用人
ゼアオン・ヨーク………………ナイトクラブの経営者
ロザマンド・ヨーク……………その妻
ヒューバート・カニング………土建業者
イゾルダ・カニング……………その妻
スティーヴン・ローレンス……詩人
パーディタ・ローレンス………その娘
フランク・ロイド………………新聞記者

ベイジル・ウィリング……………精神科医
ギゼラ・ウィリング……………その妻
ポール・ウィリング……………ベイジルの兄
シンシア・ウィリング…………その妻
パトリック・フォイル…………ニューヨーク市警察次長警視正
ランバート………………………毒物学者

目次

編集＝藤原編集室

# 二人のウィリング

クラリスとジョン・ディクスン・カーに
愛情を込めて

# 第一章

それは、地方検事局のベイジル・ウィリングのデスクにいろんなルートを通じて舞い込んでくる、ごく普通の事件ではなかった。四月上旬の雨が降る寒い晩、あてどもなく歩いているさなかに起きた個人的な冒険だった。

三番街では、街灯が霧のなかでぼんやりと輝き、小さな店のウィンドウにスポットライトを浴びせていた。曇ったウィンドウの奥には、黒い漆塗りにゴシックの金文字で〝ラタキア〟、〝バーレー〟と記されたたばこケースが二つ、立てて飾ってあった。ベイジルがドアを開けると、スイスのカウベルが四個、チリンチリンと震えるような和音を奏でた。

小さなショーケースを埃《ほこり》が薄く覆っていた。店内には誰もいない。高架線を走る電車の唸《うな》るような音がいきなり轟《とど》き、店内の静けさを際立たせながら消えていった。黒いスカルキャップをかぶった老人が一人、奥のカーテンをかき分けて出てきた。蒼白な顔に眉毛もまつ毛も白髪で、目だけが黒く生き生きとしていた。

ベイジルは好みのたばこを二箱頼んだ。「あればだけど」

「ええ、ありますとも。あなたのようにたまたまお寄りになるお客様のことも考えて、売れ筋の銘柄も多少は置いてあるんですよ」

「でも、もっと好みのうるさいお客さんのほうがありがたいんだろうね？」

「特別な好みのブレンドにたっぷり払ってくださる贔屓《ひいき》のお客様も何人かおられますよ。そんなお客様がいなけりゃ、こっちもおまんまの食い上げでしてね。そりゃあ、そうしたお客様のほうがありがたいですよ」

ベルが再び鳴り、ドアが開いた。新来の客は自分のたばこの好みに頑なにこだわるタイプには見えなかった。むしろその正反対に見える——広告キャンペーンで声高に宣伝されると、催眠術にかかったようにその圧力に屈してなんでも買ってしまうし、誰にでも投票してしまう〝永遠のカモ〟だ。小柄で太った、だるそうな中年男だった。眉とあごは、突き出た鼻と飛び出たような目のせいで引っ込んで見える。唇を固く引き結び、不機嫌そうに口をゆがめている。具合が悪いのか？　心配事でも？　それとも、ただ顔のつくりが悪いだけなのか？

甲高く息切れしそうな声で、ちょうどはやりのたばこを求めた。

「申し訳ありません。そのたばこは切らしておりまして」

小男はいら立ちを見せた。「じゃあ、なにがあるんだ?」

たばこ屋はベイジルに売ったのと同じ銘柄の名を挙げた。

「高いな。だが仕方ない」

外套の内側に手を入れて財布を取り出すと、よれよれの折り襟《えり》のはざまから紳士用シャツの白い光沢がちらりと見えたが、カウンターに一ドル紙幣をポンと置いた。「二箱くれたまえ」

「お包みしましょうか?」

「いや、いい!」たばこを外套のポケットに突っ込み、足早にドアに向かった。

「お釣りは、お客様?」

「とっておけ!」ベルをジャラジャラ鳴らしながら、バタンとドアを閉めて出て行った。

たばこ屋はベイジルのほうを見た。「変な方だ。最初は高いとおっしゃったのに、釣り銭も受け取らずに出て行くなんて」

「なじみの客じゃないのかい?」

「初めて来られた方ですよ」

ベイジルは表通りに出た。近くのタクシー乗り場はひと気がなかった。小男は歩道の縁石に立ち、タクシーらしく見える普通の乗用車に合図を送った。その車がさっと通過すると、道の向かいに本物のタクシーが目にとまった。男は大声を上げながら、縁石から通りに踏み出した。高架線の支柱の間をトラックがうなりを上げて通りすぎていき、男はほんの数インチ差で轢《ひ》かれるところだった。ベイジルは興味津々で男のほうを見ていた。慌てふためいているだけじゃない――恐慌をきたしている。なにかよほどの心配事でもなければ、車のライトを確かめながら通りを渡りそうなタイプの男なのに……。

虹色のライトをきらめかせた黄色いタクシーが霧の中から出てきて、タクシー乗り場に停まった。ベイジルもタクシーを拾いたいと思っていたが、小男がやったように突進して呼び止める度胸はなかった。

「西十一丁目へ！」男はどもりながら番地を告げたが、やはり甲高く息切れしそうな声だった。「十分で行けるかね？」

「たぶんね」運転手は〝空車〟のフラッグを下げようと手を置きながら、無頓着に言った。

「九時半にそこに戻ってきて、拾ってほしいんだ」

「さあ、どうかな……」

「頼む！」甲高い声が震えた。「二十ドルやるから」と運転手に紙幣を押し付けた。

「分かったよ。二十ドルは二十ドルだ。玄関の前で待っててくれるかい？」

「いや、だめだ！　呼び鈴を鳴らせば人が出てくるから、私を呼んでくれ」

「お名前は？」

「言わなかったかね？」小男はいら立ちのあまり地団太踏まんばかりだった。声高にはっきりとこう言った。「私はベイジル・ウィリング博士だ」

タクシーのテールランプがコーナーを回り、消えていった。ベイジルは驚きのあまり呆然として縁石に突っ立っていた。

タクシーがもう一台、縁石の前に停まった。「タクシーですかい、お客さん？」

ベイジルはなにやら天のお告げに促されたように感じた。

タクシーに飛び乗った。「西十二丁目へ」

運転手は、急カーブでスピードを落とすと、弁解を口にした。「ここは見通しの悪いカーブでしてね」

「そうだね」とベイジルはうなずいた。「この先、なにがあるか分かったものじゃない……」

# 第二章

小男が家の番地を告げたとき、ひどくどもっていたため、ベイジルには聞き取れなかった。しかし、そのタクシーがコーナーを回るときに、車のナンバーを記憶にとどめておいた。小男が玄関に入ってしまう前に追いつければ……。

タクシーは五番街から西十二丁目に入って行った。

「ここからはゆっくり走ってくれ」とベイジルは言った。「停めてもらうときにそう言うから」

ベイジルはがっかりした。古い家の並ぶ静かな通りには、ほかにタクシーの姿は見えなかったからだ。交差する南北に伸びる大通りでは、スーパーマーケットのネオンが暗闇を貫くように光っている。背後には窓もドアもない高い壁があり、その向こうの通りの家並みを大通りの照明と騒音から隔てていた。

ベイジルは目の前の家並みに目を惹かれたが、それというのも、周囲のほかの家とは違っていたからだ。同じ煉瓦の三階建ての家が通りから奥まって一様に並び、それぞれの階には屋根付きのポーチ、というかバルコニーがある。錬鉄の柱と手すりがバルコニーを結びつけて一つの連続した線条細工模様を形づくっていた。一見すると、まるごと一つの邸宅のようだが、狭い前庭を隣家と仕切る横柵がいくつもあるのに気づいた。家の番地は三桁《けた》で表示されている。あの小男がどもりながら告げた番地も三桁だった。あの男が入って行ったのはこの家の一つだな？　どの家なのか？

どの家も背が高く、みすぼらしく陰気だし、通りから奥まっていて、三段にわたるバルコニーのせいで窓が見えない。ところが、一軒の家の前に車が四台並んで停めてある。一階の窓にカーテンの奥から明かりが見えるのはその家だけだ。糊《のり》のきいた白いシャツ――あれはパーティーに行くつもりだったからだ。折よく、ベイジル自身も夜会服を着ている。違和感はないだろう。

「ここで降ろしてくれ」と静かに言った。

庭の柵には木戸があった。急な鉄の階段を上がってバルコニーまで来ると、呼び鈴を鳴らした。

ニューオーリンズ風の建物にかつて宿っていた活気は、この時と場所のなかでは情けなくも失われていた。バルコニーはフープスカートをはいた女性がこっそり日光浴できるように工夫されていたが、今は誰もおらず、暗く湿っぽい。屋根を縁どる線条細工の下向きの先端が霧のせいで結露し、水漏れする蛇口のように単調に水を滴らせていた。下にある灌木には葉が一枚もない——露出した根元を小さなツタが覆っているだけだ。これらの建物は、以前はともかく、今はおそらく下宿屋であり、外観と同じく中も寒々としてわびしいのだろう。

ドアが開いた。ベイジルにも予想外なことに、いきなり温かくて明るい、贅沢な輝きが中から現れた。すべてこぢんまりではあったが、見事に調和が取れていて、ここほどコントラストが興を添えている場所もないと思えるほどだ。チェスボードのような白と黒の大理石の床、なだらかなカーブを描いて二階の暗がりへと続く白い螺旋《らせん》階段、淡黄色の壁に掛かる金縁の古い鏡。ビロードのような黄色いつぼみを付けた枝が、かすかな芳香の源と分かった——ミモザだ。中国製の花瓶に生けられている。〝ファミーユ・ノワール〟という、白い梅の花を描いた釉の花瓶で、チーク材のテーブルに置いてあった。右側のカーテンの奥から、小さくさざめくような話し声と笑い声が聞こえた。

男がベイジルの帽子と外套を受け取った。痩せて筋張った体型をし、機敏そうな様子は、執事というより騎手という感じだ。ところが、口を開くといかにも執事らしい、淡々とした話し方をした。「お名前は？」

「私の到着は告げなくていいよ。驚かせてやろうと思うんだ」

ベイジルはカーテンをかき分けて中に入った。

両端に窓のある横長の部屋だった。家の正面側の窓にはカーテンが引いてある。うしろ側の窓は夜の裏庭に向かって開け放たれていた。その上方にはこのブロックの反対側の家々の裏窓が見え、黒い紙から四角い部分を切り抜いたように明かりがついていた。誰もこちらを見なかった。厚いカーペットがベイジルの足音を吸収し、一瞬、自分が透明人間になったように感じた。あの小男の姿はない。やはりこの家ではなかったのか？

「こんばんは」

ベイジルは振り向いた。そばに男が立っていた。長身で筋肉質の頑健そうな男だ。厚めの唇に笑みを浮かべている。ブルーの目は用心深そうだが、嬉しそうでもある。「こうしてお会いできるのをずっと楽しみにしておりましたよ」と心を込めて言った。

「私をご存じですか？」

「消去法を使っただけですがね。ほかの皆さんはもうおそろいですから」男は笑みを浮かべたままだ。「むろん、ご高名は存じ上げておりますよ。それに……ちょっと失礼していいですか？　妹も待ちかねているようですので」

「ですが……」ベイジルはそのまま取り残された。

居丈高に語る女の声がすぐそばから聞こえた。「三十分は待ってましたよ」

彼女は火のくすぶる暖炉のそばのウィングチェアに座っていた。髪は白く、青白い顔色の眼窩におちくぼんだ目をし、唇を引き結んでいた。目だけが黒く大きく輝き、若い頃の面影を偲《しの》ばせる。のどと手首の部分に泡のようなブリュッセルレースをあしらった薄紫色のドレスを着て、象牙の握りの付いた黒檀のステッキを片手に持っていた。

「勘違いをしておられるようですね」とベイジルは切り出した。「私は……」

「勘違いですって？」彼女は不機嫌そうに言った。ドレスと同じ薄紫色の血管が、ステッキを握る手の皮膚の下でミミズがのたくるように浮き上がった。「今夜は声が変わってますね。いつもと全然違って聞こえますよ」

「それに、顔も違うはずですよ」とベイジルは言った。「だって……」

またもや彼女は話の腰を折った。「からかってらっしゃるの？　私は目が見えないってご存じでしょうに」

ベイジルは相手の目を見つめた。瞳孔が白内障で濁っているのにようやく気づいた。

「失礼しました。気づかなかったもので」

「私が全盲だってことに？　どうでもいいわ。それより……」ほとんどひそひそ声に声を落とした。「近くに話を聞かれそうな人がいるかしら？」

「いえ。でも……」

「時間を無駄にしないで！」

ベイジルはもう一度話そうとした。「説明させていただきたいのですが……」

「今はだめ！」彼女は急に、居丈高な物言いから懇願するような言い方になった。「誰か来るのが聞こえるわ。彼らはずっと監視してるのよ。今すぐ私から離れて。お願い！」

声には必死に急《せ》かすような響きがあり、有無を言わせなかった。ベイジルは部屋の反対側に行き、たばこに火をつけた。灰皿を探すようなふりをして例の小男を目で探した。

「あら、ベイジル・ウィリングじゃない！　まさか、ここであなたに会うなんて！」

小声で彼の注意を引く者がいた。からかっているのか？　食ってかかろうというのか？　それとも、もっと難しい話か？

彼は振り向いた。その顔はまさに十八世紀風で——弓なりの眉、挑発するような目、開いた鼻孔、とりすました口、すべては美しく非の打ちどころのない顔かたちで、ほかの連中の顔が土器なら、彼女の顔は陶器という感じだ。髪は収穫の時期を迎えた成熟した小麦のように、黒みがかった金色をしていた。今はやりの髪型より長く伸ばし、髪をブラシで眉と耳から払ってふわっとさせていた。漆黒のノースリーブのイヴニングドレスの上に、目もくらむような白い肩があらわになっている。「私を憶えてらっしゃらないの？　まあいいわ！」軽い笑い声が、次に口にした言葉を際立たせた。「みんなお互いを知ることになるんですもの！」

またもやその言い方には、よく分からない二重の意味が含まれているようだった。意識に表れてこない記憶をくすぐるものがあったが、はっきり思い出すことはできなかった。「どうしてぼくがここにいるのがおかしいんだい？」

「そうね、あなたは垣根の向こうの人だとずっと思ってたからよ」

「どんな垣根だい、ロザマンド？」

「あら」と、今度は真顔になって、「じゃあ、私のこと憶えてるのね？」

「ロザマンド・フィンレイのことを忘れられる者がいるかな？」

「でも、あなたとは二、三度会っただけよ。戦争の前じゃなかったかしら？　あれからいろいろあったわよね。たとえば、私はもうロザマンド・フィンレイじゃないわよ」

「結婚したのかい？」彼は驚いた。十八歳当時のロザマンド・フィンレイは、ファッション界を席巻したのだった。新聞や雑誌が彼女の名声をそれ以外の世界にも広め、美と華やかさと気品のシンボルにした。しかし、この世代の女が、その職業的な美しさに釣り合うような夫をどこで見つけたというのか？

「そう、結婚したの」ロザマンドは口ごもった。「夫はあそこにいるわ。知ってる？ゼアオン・ヨークよ」彼女は部屋の反対側に視線を向けた。その先には、彼女の倍くらいの歳の恰幅のいい白髪の男が、白い大理石のマントルピースに片手を置いて、暖炉の前に立っていた。

「噂は聞いてる」とベイジルは言った。

「聞いたことのない人なんている?」その言葉にはばかにした響きがこもっていなかったか?

「運のいい男だな」

「ありがとう」またもやあざけるような響きが感じられた。

ゼアオン・ヨークは別世界に属する男だ。一九二〇年代にはマンハッタンで一番手堅いもぐり酒場を経営していた。その世界では、やり手の男だった。警察といざこざを起こしたことはなく、汚いことも手荒いこともしたことはない。素朴な若い贔屓客たちは、彼が犯罪社会とかかわりがあるなどとは決して信じなかった。禁酒法が撤廃されても、こうした贔屓客は離れていかなかった。もぐり酒場はナイトクラブになった――フロアショーはないが、食べ物はワインに劣らずうまいクラブだ。ハーヴァード大学からもぐり酒場に通っていた男たちも、今では中年の妻と社交界デビューの娘をそのナイトクラブに連れてきて、〝ゼアオンのおやじさん〟とは長い付き合いなのを自慢していた。この新たな社会的地位に、ロザマンド・フィンレイと結婚することで決定的な箔《はく》を付けたわけだ。しかし、ロザマンド・フィンレイのほうは、なぜゼアオン・ヨークと結婚したのか?

「思い出したわ」とロザマンドは言った。「あなたも結婚したのよね。奥様は連れてきてらっしゃらないの?」彼のほうを振り返って見上げると、フルスカートが揺れた。スカートのひだの谷間にきらりと光るものがあった。

「ぼくのたばこから落ちた火の粉かな」とベイジルは言った。「すまないけど……」

「火の粉がこんなふうに光る？」もう一度すばやく振り返った。今度は、ひだの谷間がきらめきながら波打ち、彼女は裾を持ち上げて、黄金のように輝く裏地を見せた。「このビロードは、三百年前、ペルシアでセレウコス朝の王子のクローク用につくられたものと同じなの。裏地は純金の糸で織られた、伝説上の金の布地なのよ。パイル地は上等の黒いシルクで、とても密に織ってあるから、動かないときは表面が黒く見えるの。動くときも、金はひだのあいだに光がきらめくように見えるだけ。ダンス会場で踊ると、すごく素敵に見えるのよ」

「だろうね」こんなことが、ゼアオン・ヨークと一緒に暮らすことの埋め合わせになるのだろうか？

「どうかした？」ロザマンドは不意に聞いてきた。

「心配事があるように見えるかい？」ベイジルは苦笑した。「今夜、ここで会えると思ってた人がいてね。探してるんだが、姿が見えない。中年で小太りの、そわそわした感じの小男さ。名前は言えない。ぼく自身も知らないんだ。ここにそんな男はいるかい？」

「いないわ」今度はロザマンドのほうが戸惑う番だった。「目に入る人たちがすべてよ」

「それなら、パーティーの主催者に事情を話しにいくから、失礼させてもらうよ」

「ツィンマー博士のこと？　ミス・ショーと話してるから、邪魔しないほうがいいわよ」

ベイジルは横長の部屋の向こうを見た。自分を迎えてくれた男が、まだ暖炉のそばにいる盲目の女性に声をかけようとしていた。「ミス・ショーだって？」

「知らないの？」ロザマンドはまごついた。「いらっしゃったときに、あなたに話しかけたと思ったけど」

「別人と勘違いしたのさ」とベイジルは言った。「彼女の名前も知らなかったよ」

「キャサリン・ショーよ」とロザマンドは説明した。「お年寄りだし、足も不自由で、目も見えないけど、すごいお金持ちよ。うしろにいる人は甥御さん。ブリンズリー・ショーよ。向かい側のグレーのドレスの女性が、付き添いのミス・ディーンとかいう人。あとの人たちのことはご存じだと思うけど」

「知ってる顔は君だけだよ」

「じゃあ、ガイド役をして差し上げるわ。ピアノのそばにいる病弱そうな男の人がスティーヴン・ローレンス」

「詩人の？」

「確か詩を書いてたわね。隣にいる顔色の悪い女性は、娘のパーディタよ。黒いレースのドレスを着た、軽薄そうな小柄な女は、主催者の妹でマン夫人」

「ホールのカーテンのそばに座っている男女は？」とベイジルは聞いた。

「カニングとかいう夫妻。ロスリンかラーチモントあたりから来た人たちよ」

それで全員だ。あの小男は部屋にはいない。

「ぶしつけな質問をしてもいいかしら、ベイジル？」とロザマンドは言った。「今夜はどうしてここに来ることになったわけ？」

「ただの軽はずみでね」と認めた。「そのせいで茶番劇を演じてるわけさ。さっき言った小男を見逃してしまったんだ。それと、彼がタクシーの運転手に告げた名前を聞き間違えたのかもしれない。似たような名前はいろいろあるからね。でも、あのとき告げた名前は……」

執事が戸口に姿を見せたので、ベイジルは口をつぐんだ。

ツインマーが驚いている。「なんだって、オットー？」

オットーのうしろには、ベイジルが忘れもしない、小柄で小太りの男がそわそわと気まずそうに立っていた――手をもじもじさせ、目を落ち着きなくきょろきょろさせながら。

オットーがゆっくりと明瞭に名を告げると、いきなりしんとなった。「ベイジル・ウィリング博士でございます」

# 第三章

ベイジルはとっさに、キャサリン・ショーのほうを見た。彼女の目は翳《かげ》りのある眼窩にますます深く落ちくぼんだように見え、口の周りには青白い影ができていた。しかし、精神的な弱さは見せなかった。一瞬、いら立った様子が表情に表れ、グレーのドレスの女が気遣うように彼女のほうにかがみ込んだ。

ツィンマー博士は小男に近づいていった。「今度こそ本当に、ウィリング博士のご来着ですかな？」

「ええ、まあね！」男は息切れせんばかりに言った。「遅くなって申し訳ありません。三番街でタクシーを拾うのに手間取りましてね。そのあと、渋滞にも巻き込まれてしまって。慌ててしまいましたが、どうしようもありませんよ」

「気にされることはありませんよ」ツィンマーはベイジルのほうにちらりと目をやりながら、小男の肩に親しげに手を置いた。「もちろん、あなたのせいじゃありませんから」

ベイジルは皮肉な気持ちで、ツィンマーはこの小男が本物のウィリング博士だと信じてるんだなと思った。普通に名前を紹介されて入ってきたからだ。ベイジル自身は、名を告げずにこっそり中に入ったし、今さら自分が〝ベイジル・ウィリング〟だと宣言しても、偽者と思われるだけだろう。ロザマンドに口添えしてもらったところで、助けになるどころか、かえってまずい事態になる。彼女は意地悪ないたずらをすることで有名だったし、面白いことならどんな突飛なことでもやらかす女性だった。

「ちょうどカクテルの時間に間に合いましたよ」ツィンマーはボタン穴に挿したクチナシの花をまっすぐに直し、折り襟を正しながらにこりとした。

「一杯いただきましょう」小男は、オットーがピッチャーの氷をスプーンで抑えながら、グラスを満たすのを熱心に見つめていた。ピッチャーは銀器だったが、十二個のグラスは庭のチューリップのように華やかに一つ一つ色が違っていた。

炉石になにかがカタンと落ちる音がした。ミス・ショーが杖を取り落としたのだ。

ツィンマーは小男を部屋の真ん中に一人残したまま、真っ先に彼女のそばに行った。

「おやおや、ミス・ショー！」ツィンマーは杖の握り部分を持って拾い上げると、持つ場所を杖の中ほどに移して、握りのほうを彼女に持たせた。

「ありがとう、ツィンマー先生」目の見えない顔に笑みが浮かんだ。

ロザマンド・ヨークが小さな笑い声を上げた。目がいたずらっぽく踊っている。「なんて面白い状況かしら！　今この世界にいる人間は三種類よ――悩める人、嫌われる人、退屈した人。私は何年もずっと退屈した人だったわ。でも、今日はほんとに楽しい夜を過ごせそう」

「楽しめそうでよかったね」

「あなたはそうじゃないの？」またもやさざめくような笑い声を上げた。「私はたまたま、あなたが本物のウィリング博士だって知ってるわ。お兄さんのポールもよく知ってるし、彼の紹介でお会いしたんだもの。でも、ツィンマー博士は、お気の毒だけど、どちらが偽者か分かるはずもないわね。私、ベイジル・ウィリングを名乗るあの小男のことがもっと知りたくて仕方ないのよ。誰なの？　なんでまた、二人とも同じ晩にここへ来たわけ？」

「あの男をつけてきたのさ」とベイジルは説明した。「あの男がぼくの名を名乗るのをたまたま耳にはさんでね。どうしてそんなことをしたのか分からなかったから」

「じゃあ、突き止める絶好のチャンスね。猟犬から逃げる白うさぎみたいに、こっちへ来るわよ。ツィンマー博士から逃げようとしてるのかしら？　それとも、ミス・ショーから？」

オットーがグラスの二つ載ったサービストレイを差し出した。ロザマンドは、淡いバラ色をした、手近なほうのグラスを取った。ベイジルは首を横に振った。「いや、いいよ」

小男は深紅のグラスを手にしながら近寄ってきた。ロザマンドは明るい笑顔を小男に向けた。「ウィリング博士！」ふざけたように熱を込めて叫んだ。「お会いできてとても嬉しいわ！　私のこと、憶えてらっしゃるわね」

「え、ああ、もちろん」小男は笑顔をつくろうとしたが、唇がゆがんだだけだった。

「それにしても」ロザマンドは意地悪そうに続けた。「まだ海外にいらっしゃると思ってましたけど」

「そうですか？」偽者のウィリングは、少し時間を稼ぎながらグラスを近くのテーブルに丁寧に置いた。「最近戻ってきたところなんですよ」

「そうなの？」ロザマンドはすっかり楽しんでいた。「友人が日本から手紙を送ってきて、ほんの一週間前にあなたにお会いしたと書いてましたわ。あの国は気に入りまして？」

「日本ですか？」その言葉を発するのに口ごもった。「ああ、もちろん、とても気に入りましたよ」

「よく考えてみると、あれは日本じゃなかったわね」ロザマンドは眉を愛らしくひそめた。「ベルリンだったわ」

「さて」小男はつばを飲み込んだ。「戦後はいろんなところに行きましたのでね」

「先週のことよ？」ロザマンドは容赦なく追及した。

「その──つまり、先月くらいのことですよ。飛行機で移動してましたのでね。機密事項なんです。お話しするわけにいかんのですよ」

「そりゃ話せませんわね」ロザマンドは攻撃の矛先を変えた。「戻ってこられて、これからどうなさるんですの？　きっと本をお書きになるのね。ご著書はみんな、とても興味深く読ませていただきました。ハイゼンベルク変分のことをあなたとお話ししたいと、ずっと思ってましたのよ」

「はあ──ハイゼンベルク変分ですか？」小男はロザマンドを絞め殺してやりたそうだった。「いや──そんなことをお話しする場所でもなさそうですな」必死の形相でベイジルのほうを見た。「素人の方と精神医学のことを論じたりはしないんです。時間の無駄ですからな」

「おっしゃるとおりです！」とベイジルは賛同した。「でも、私が素人と思ったら間違いですよ。実は精神科医でしてね」

「えっ！」小男は急な階段を踏み外したみたいに息をのんだ。「では、またいずれあなたとお話しできればと思いますよ」ロザマンドに感謝するようにちらりと見た。「レディーのおられないところでね」

ロザマンドは美しい唇を笑顔の片隅でひねった。「ハイゼンベルク変分のことは、レディーの前では口に出してもいけないみたいですわね。でも、私はレディーじゃありませんから、どうぞお話しになってくださいな」

小男はベイジルを探るように見た。「精神科医ですって？　お名前は存じ上げませんが」

「そうですか？　ベイジル・ウィリングと申します」

小男は固まったようになり、驚きのあまり目をうつろにした。それから、反射運動のように無意識にグラスを持ち上げて飲み干した。「ご冗談でしょう」

「いえ、冗談じゃありませんよ」ベイジルはロザマンドのほうを見た。「ヨーク夫人が私の身元を保証してくださいますよ」

「そうよ」ロザマンドは、この新たな展開をたっぷり楽しんでいた。「ウィリング博士と私は昔からの友人ですの」

「それじゃ……」小男は取り乱したように部屋のなかを見回した。「ここにいる者はみな知っていると？」

ベイジルは首を横に振った。「ヨーク夫人と私だけです。名を告げずに入ってきましたし、私の顔を知っている者がほかにいるとは思えませんので」

「これってどういうことなのか、私、知りたくてうずうずしてるのよ」とロザマンドは言った。

小男はまだベイジルを見据えていた。「こんなことが起きるんじゃないかとは思っていた。だが……ずっと私をつけてきたのかね？」

「三十分ほど前に、三番街のたばこ屋で初めてお見かけしたんです。あそこは私の家から数ブロックしか離れていないことはご存じでしたか？」

「もちろん。だからこそあそこに行ったんですよ。では、私がタクシーを呼んでいるときにあの店から出てきて、運転手にベイジル・ウィリングと名乗ったのを聞いたわけですな。当然、あとをつけたわけだ。なにはともあれ、私があなたの名を使って小切手を切るかもしれませんしね」

「そのとおり。では、ツィンマー博士に、あなたが偽者だと話さなくてはいけませんね」

「やめてください！」

子どもの頃、ベイジルはテリア犬に追い詰められたネズミを見たことがあった。あのネズミも、この男と同じ目つきになったものだ……。「そうしてはいけない、然るべき理由でもありますかね？」

「理由ならいくらでもご説明申し上げますよ。でも、ここではだめです」小男は肩ごしにうしろを振り返った。背後には誰もいなかった。「ウィリング博士、あなたとだけこっそりとお話しさせていただきたい。その上で、私を偽者だとおおやけに告発なさりたいのでしたら、文句は言いますまい。虫がよすぎますかね?」

「こっそりとですって?」ロザマンドは馬鹿にしたように驚きの声を上げた。「私はだめなの? 第一幕を観劇して楽しませてもらったのよ。大団円は舞台の外でなんて、ひどすぎるわ。それに……」

ロザマンドは口をつぐんだ。ツィンマーがベイジルのほうに寄ってきていた。「ちょっとお話があるのですが」ツィンマーが静かに言った。「はずしてくれないか、ロザマンド?」

「仕方ないわね」ロザマンドはベイジルのほうを見た。「またお目にかかりたいわね。毎月最終火曜日は、四時頃ならたいてい家にいるわ。奥様も連れてきてくださいな」素敵な黒いビロードが、彼女が離れていくときに金色のきらめきを放った。

ツィンマーは険しい表情でベイジルを見た。「騒ぎを起こさずにお話しできる機会をうかがっていたのですよ。あなたがウィリング博士でないとすると、どなたですかな? どうして私の家に?」

「間違いがありましてね」ベイジルは説明しようとした。

「つまり、私の家を同じ並びの別の家と間違えたと?」

小男はベイジルを見据えたままだったが、必死で懇願しているようだった。

「きちんとご説明しようとすると長くなりますのでね」とベイジルは言った。「ただ

「あなたのお名前は？　なぜここに来たのです？　今すぐ教えていただきたい！」ツィンマーの有無を言わさぬ口ぶりからすると、明らかに小男のほうを信用しているようだ。

「お知りになりたい？」ベイジルは小男のほうを向いた。「この方が、私は悪党じゃないと請け合ってくれますよ――ご友人のウィリング博士です。私としては、お詫び申し上げた上で、失礼させていただきたいところですが」

「警察を呼ぶと言ったら？」

「お好きなように。ただ、騒ぎを起こさずにそんなことはできんでしょう。それに……」ベイジルは落ち着いて話を続けた。「ウィリング博士も私と一緒に失礼させていただきますから」

「そう？」ツィンマーは小男を横目で見た。「ごゆっくりしていただくわけにはいきませんかな、ウィリング博士？」その声には有無を言わさぬ強さがあった。

しかし、小男は譲歩しなかった。「申し訳ありません。のっぴきならぬことが起きましてね。行かなくてはならんのですよ――この昔からの友人とね」

ツィンマーはいら立ちをなんとか抑えた。「それなら、これ以上は申しますまい。最後にもう一杯いかがですかな？　よろしいですか？　では、お二人ともごきげんよう」

ベイジルと小男は玄関ホールに出た。オットーがあとに続き、二人が外套を着るのを手伝った。口はきかなかったが、その目には警戒の色があった。

「きっとスプーンがちゃんと揃ってるか、数を数えることでしょう」近くの大通りに向かって歩きながら、ベイジルは小男に言った。

「ツィンマーは――わりとあっさり解放してくれましたね」と小男は言った。「だが、気に食わなかったようだ」

「それはそうでしょう。男女それぞれ六人ずつのディナーを予定していたわけですから。それが、女は六人なのに、男は五人だけになってしまった。やっかいですよ。それ以上にまずいことと言えば一つだけ。客が十三人になることです」

「ほう、そりゃ思ってもみなかった！」小男は楽しそうに言った。「あなたのせいで、カクテルを飲む客は十三人になったわけだ。ツィンマーは必ず十三という数字を避けるんですよ」

「そうしない人はいないでしょう」とベイジルは応じた。「迷信を信じない人でも、その手のことを遵守し続けるものですよ――万一のことを恐れてね」

通りを横切ると、フランス料理のレストランの照明が、霧の中を航行する船の舷窓のように、霧の中でかすかに輝いていた。「話のできる静かな場所がありますね」とベイジルは言った。

「ちょうどいい！」小男は高揚した気分になったようだ。緊張から解放された反動だろうか？　他人に化けるのは気を張るものだ。とはいうものの……。

バーの向かいのアルコーヴには誰もいなかった。そこに誰もいないテーブルが三つあったが、二人はその一つに席を取り、小男はマティーニを注文した。「三杯目だ」と恨めしそうに言った。「ツィンマーのところで二杯飲んだのでね。いつもならそれが限度なんだが……今夜はどうも気分がよくない」

ウェイターが行ってしまうと、ベイジルはたばこに火をつけた。「そろそろご説明いただけませんか？」

小男はおどけたようにクスクスと笑った。「ベイジル・ウィリングを名乗ったにしても、あなたがお困りになるようなことはなにもしてませんよ」

「それはありがたいですな！」ベイジルは笑った。「でも、そもそもなぜベイジル・ウィリングを名乗る必要が？」

「どこからご説明しますかね」小男は眉をひそめた。「自分の名前を使えなかったんですよ。どうしてもできなかったんです」

「なぜですか？」

「私が気になったのは、彼女が話したことじゃないんです。彼女がわなわな唇を震わせていたことでもなくてね。彼女――ヒステリー神経症じゃないかと思いましたよ。今日では、なんと言うのか知りませんが」

「彼女ですって?」とベイジルは尋ねた。

「彼女から最初に話を聞いたとき、私がどう思ったか、説明するのは難しいですね」小男の言葉は不明瞭になってきた。二杯のマティーニのせいで、本当に限界に来てしまったのか?「その話はさほど気にならなかった。気になったのは、そのあとに起きたことなんだ」ウェイターがカクテルを運んでくると、男は口をつぐんだ。一気に飲み干すと、テーブルに寄りかかる。「私を最初に動揺させたことがなにか分かりますか?」

「話してください」ベイジルは混乱した心理を扱うのに慣れていた。もつれた言葉が筋の通った話に解きほぐされていくのを辛抱強く待つことができた。

「鳥は絶えてなし」小男はいまやのろのろと話している。「それこそが——私を恐れさせたことだったんです。実際、恐ろしかった。白状しますよ。私は簡単に怯《おび》えたりはしませんが——ウィリング博士、あそこは、昼も夜も鳥の鳴き声を聞くことがないんですよ。ただの一度もね。彼女が言っていたとおりです」まぶたが垂れた。頭をかすかに揺らしながらまっすぐ座り直し、目をしばたたいた。「大変な一日だった」あくびをした。「今朝は五時に起きたもので……」言葉が尻すぼみになっていった。

「ブラック・コーヒーでも飲んでは?」とベイジルは勧めた。

「いや、けっこう。三杯目のマティーニのおかげで元気になったようです。ただ——どうも体が安定しませんな」

「本名はなんとおっしゃるんですか?」

「身分証明書ならありますよ。ここにね」胸ポケットに手を入れた。「おかしいな。ここにあったはずなのに」手を出すと、なにも持っていなかった。「頭が――ぼんやりする。すごく眠い」再びグラスを持ち上げた。今度は唇まで届かなかった。グラスは床に落ちてガシャンと割れ、手がだらりと下がった。ぐったりと前のめりになると、頭がテーブルにどさりと落ち、片腕がぶらんと垂れた。

ベイジルは立ち上がり、男の脈を探った。ウェイターがやってきた。「飲みすぎですかね?」

「分からない。個室はあるかい? 一刻を争う」

ウェイターは慣れた様子で腕を小男のわきに差し入れた。ベイジルは反対側を持った。小男は目を開けようとしなかった。足が震えたが、それもやがて止まった。

「こちらへ」そこはマネージャーの事務室だった。ウェイターはデスクの電気スタンドをつけた。「酒のせいじゃないなら、どういうことですか?」

ベイジルは小男を肘掛椅子に座らせた。「マーレイ・ヒル病院に電話してくれ。ウィリング博士からだと言って、ここに至急、救急車とインターンを寄こしてくれと。それから、吐剤用のドライ・マスタード、お湯、濃いブラック・コーヒーをすぐ持ってきてほしい」

最初にコーヒーが来た。ベイジルは、血の気の失せた唇からなんとか飲ませようとした。なかなかうまくいかなかった。二十分ほど人工呼吸を施していると、ようやくインターンがやってきた。ベイジルは小男のまぶたを押し上げ、もう一度脈を測った。「ストリキニーネを投与してみよう」

小男はまぶたを震わせた。椅子の腕にもたれるように横にくずおれた。唇が長いため息をつくように開いた。「鳴く――鳥が――いなかった……」

インターンは聴診器を取り出し、しばらく男の胸に当てていたが、ベイジルのほうを振り返った。「手遅れです。亡くなりました」

# 第四章

フォイル次長警視正は細く高い家の並びを面白そうに眺めた。「陰気そうなところだね」と言った。「それに……」

「それに?」とベイジルは促した。

「秘密めいている」この警視にしては、珍しく想像力の豊かな言葉だった。

「通りから奥まっていて、鉄製のバルコニーで覆われてるからかな?」

「とも言えるね」フォイルは上のバルコニーから誰か覗いている者がいないか見上げたが、暗くて見えなかった。「実に静かだな」

「時間も遅いからね」ベイジルは指摘した。

「パーティーがまだ宴たけなわならいいが」

「ツィンマー博士のパーティーは、そういうのとは違うよ」

二人は通路を進み、フォイルが呼び鈴のボタンを押した。静かな家の中から、遠くのどこかで呼び鈴が鳴るのが聞こえた。頭上のポーチライトが点灯し、ドアが開いた。オットーはまだ正装のままだった。

「ツィンマー博士に、ニューヨーク市警察のフォイル警視がお目にかかりたいと伝えてほしい」

オットーはベイジルに気がつくと、目を大きく見開いたが、浅黒い顔にはそれ以外になんの変化もなかった。「お入りください。博士はちょうど寝酒を持ってくるように呼び鈴を鳴らされたところですので、まだ起きてらっしゃるはずです」

フォイルは客間の中央から、オットーがトレイを持って階段を上がっていくのを見ていた。ベイジルは部屋をざっと見まわした。パーティー終了後のゴミの散らかりもない。灰皿も洗われてピカピカになっている。

「医療で儲けている男か」とフォイルはつぶやいた。

「医学の博士かどうかもまだ分かりませんよ」とベイジルは応じた。

玄関ホールのモザイク模様の床に足音がきしった。ツィンマーが部屋に入ってきた。黒いシルクの部屋着と腰にきつく締めたベルトが、幅広の肩と長い脇腹を際立たせていた。

訝《いぶか》しげに眼を細めてベイジルを見た。「あなたが警察の方とは知りませんでしたな」

「違いますよ」とベイジルは応じた。「こちらはフォイル警視です、ツィンマー博士。

私はベイジル・ウィリングです」

ツィンマーは面白そうにぱっと笑みを浮かべた。「ウィリング博士はいったい何人おられるんですかね？　もう一人の博士はどうなりました？」

「こちらが本物のウィリング博士です」フォイルはツィンマーに自分のバッジを見せた。

「もう一人のウィリングは偽者ですよ」

「では、あなたを偽者と勘違いしていたわけか！」ツィンマーの笑みは消えていった。

「警察が調べているということは、重大事のようですな」

「重大事ですよ」とフォイルは言った。「殺人ですからね」

「そう？」ツィンマーの態度は、まさに深刻さと興味本位がないまぜになったものだった。「そういうことでしたら、どんなことでも協力させていただきますよ。どうぞお座りください」

ツィンマー自身は暖炉のそばのウィングチェアに座ったが、暖炉はすでに冷たく、空っぽだった。「あの小男が人を殺せるとは信じがたいですな」

「殺人犯ではありません」とベイジルは言った。「被害者ですよ。この家を出てから三十分後に死んだんです。私も一緒にいました。典型的なアルカロイド中毒の症状でしたよ。から元気、体の弛緩、続いて睡魔が襲い、精神的混乱が起きる。間の悪いことに酒も飲んでいたし、瞳孔が収縮するくらい酔っぱらっていた。それから冷や汗が出て、脈が速くなったのですが、すでに手遅れでした。見たところアヘンの派生物ですね」

「モルヒネですかな？」

「あるいは、そのメチル化合物、つまり、コデインですね。モルヒネなら、最後に脈の弱まりと激しい睡魔とともに、めまいや吐き気があったはずですから」

「だが、モルヒネ中毒は人によって反応が異なりますからな」とツィンマーは異を唱えた。

「あなたは医学博士ですか？」とフォイルは口をはさんだ。

「ええ。ウィリング博士と同じくね。精神医学が専門です」ツィンマーはまたベイジルのほうを向いた。「きっとあなたも同意見と思いますが、モルヒネは無気力と昏睡をもたらすこともあるが、錯乱と痙攣を引き起こすこともある。どんなへそ曲がりな効果をあらわすか分かりませんよ！　時間も当てにならない。被害者は、死ぬまでに数分の場合もあれば、数時間かかることもある。賢い殺人犯なら、アルカロイド系の毒を使ったりはしないでしょうな。予測がつきかねますのでね」

「殺人犯の多くは医学の専門家ではありませんよ」とベイジルは応じた。「それに、モルヒネであれ、コデインであれ、一つだけ確かなことがあります。致死量の最初の症状は二十分から四十分であらわれるということです」

今度ばかりは、ツィンマーの笑みも沈んだものとなった。「倒れる三十分前にここでカクテルを飲んでいたことをおっしゃってるわけですな！」

「我々がここに来た理由の一つはそれですよ」とベイジルは答えた。

ツィンマーはフォイルのほうを向いた。「ウィリング博士が話されるでしょうが、カクテルはみな同じ銀器のピッチャーから注いだものです。ほかには誰も症状は出ていない——ということは、ここで毒を盛られたのなら、グラスに注いだあとだということですよ」

「グラスはそれぞれ違う色をしていた」ベイジルはフォイルに向かって説明した。「したがって、彼が自分のグラスを取れば、あとはそれが彼のグラスだとすぐ分かったわけだ」

「オットーが一杯目のカクテルを差し出したとき、あの男は一人で突っ立っていたな」とツィンマーは言った。「二杯目を飲んでいたときにそばにいたのは、ヨーク夫人と……」

「私ですか？」とベイジルは苦笑した。「ヨーク夫人と私だけとは限らない。我々としゃべっていたあいだ、彼はカクテルをテーブルに置いたままだったし、そのあとに飲み干した。あのテーブルのそばを通った者なら誰もが当てはまる。ミス・ショーとあなたは別ですが。あのとき、私はお二人のほうをずっと見ていましたのでね」

「ここに来る前に毒を盛られていたとは思わんのですか？」ツィンマーはほのめかした。

ベイジルは首を横に振った。「最初の症状は、この家を出て大通りに向かって歩いていたときに現れていた——なにやら妙に上機嫌だったのです。少なくとも三十分はここにいたことを考えると、毒を盛られたのはこの家ですよ」

「だが、そんなことはあり得ん！」ツィンマーは激しく言い返した。「客の中にそんなことのできた者がいるはずがない。自殺か事故ですよ。ビタミンのカプセルか、いつも食前に飲む薬と間違えて睡眠薬を飲んだのかも。そもそも、あんな人を誰が殺そうなどと？」

「あんな人とは、どんな人ですかな？」フォイルは問いただした。「ここに来たもう一つの理由はそれですよ。その男が誰で、どんな男なのかも分からないものでね」

「だが……」ツィンマーは口ごもり、眉をひそめた。「私にも分からない——ウィリング博士じゃなかったというならね」

フォイルは目を丸くした。「じゃあ、〝あんな人〟とはどういう意味で？」

「一般論で申し上げたまでです。つまり、あんなに内気そうでおとなしい人が、ということですよ」

「すると、ウィリングとしてしか知らなかったと？」

「もちろんです」

「知り合ってどのくらいですか？」

「今晩はじめてお会いしました」

「夕食会に招待したのはなぜですか?」

「ほかの招待客がさらに招待した客として来られたのです。女性ですよ」ツィンマーは言葉を切った。「彼女をこんなことに巻き込むのは気が引けますな。お名前は伏せさせていただいて、あとはなんでもお話ししますが?」

「だめですよ。名前が必要です」フォイルは言い張った。

「だが、少なくともおおやけにする必要はありますまい?」

「直接の関係者でなければね」

「ありがたいですな。ミス・キャサリン・ショーですよ」

ベイジルは興味をそそられた。「足が不自由で、目の見えない年配の女性ですか?」

「そうです。あなたと話していましたね?」ツィンマーは考え込んだ。「あなたが入ってこられたとき、この部屋で暖炉のそばに座っていた。消去法であなたが誰か分かったと私が言ったのを聞いていたはずだ。それに——彼女にはあなたは見えなかった。自分がウィリングとして招待した相手と勘違いしていたのでは?」

ベイジルはうなずいた。「おそらくね。今夜は声が違うと言ってましたよ。それ以外に、自分の勘違いに気づくきっかけはなかったわけです。そのあと、十三人目の客がウィリングだと告げられて、驚きのあまりひどく気分が悪そうでしたよ」

「そうでしたね」とツィンマーは言った。「驚きのあまりステッキを落とされたので、私が拾って差し上げました。それから、あなたが何者なのかと私に聞かれましたよ。室内に招かれざる客がいるなどと告げて動揺させたくもありませんでしたので、あなたのことを妹の友人だと言いました。信じてくださったかどうかは分かりませんが」

「私ともう一人のウィリングが夕食会の始まる前に出ていったのは、彼女も知っていましたか？」

「あとで知ったはずですよ。テーブルの席で、ウィリング博士はどの席に着いているか聞いてこられましたから。病院から呼び出しがあったと言っておきましたよ。そのあと、妹さんのご友人はどうしたのかと尋ねてこられたので、カクテルを飲みに立ち寄っただけで、夕食会には出席していないと言っておきました。話しぶりからして、あの偽者がウィリング博士だと心底信じていたようですな——それとも、私の思い込みかな？」

「だが、偽者がミス・ショーのような人に、ベイジル・ウィリングとして偽り通そうなどと思ったのはなぜかな？」フォイルは考えを声に出して言った。

ツィンマーは手に負えないとばかりに肩をすくめた。

「ウィリングとして夕食会に来たのはなぜですかね？」ベイジルはなおも追及した。「ミス・ショーの考えなのか？　それとも、彼自身のか？　ここに来るのが目的でミス・ショーと親しくなったのか？　それとも、ミス・ショーに対して身元を偽った本来の目的に付随したことだったのか？　彼女が自分の面倒を見るようあの男に求めたのかも？」

フォイルが思弁に終止符を打った。「ミス・ショー本人に聞かないと分からんさ」ときっぱりと言った。

ツィンマーはため息をついた。「いずれはご本人に聞かざるを得んのでしょうが――できるだけお煩わせしないように願いたいですな。八十六歳で、ただ意志の力だけで生きているような方ですから」

「それに金持ちだ」フォイルは重々しく付け加えた。「たぶん、それがあの小男の狙いだったんだ。ゆすりは珍しくないし――ゆすり屋は自ら死を招くものですよ」

「ミス・ショーのような方に限って、そんな！」ツィンマーは言い返した。「ゆすりのネタにされるようなことが、あの方の人生にあるはずがない」

「甥御さんのブリンズリーはどうですか？」フォイルは問い返した。「あるいは、付き添いのミス・ディーンは？　あの小男は、彼らのやったことでミス・ショーをゆすっていたのかもしれないし、それで二人のどちらかが殺しに走ったのかも。自分の名前を使いたくなかったから、てきとうに著名な精神科医のベイジル・ウィリングの名前を選んだだけなのかもしれない」

ベイジルは淡々と引用した。「『誰か来るのが聞こえるわ。彼らはずっと監視してるのよ。今すぐ私から離れて。お願い！』ミス・ショーが、私をあの偽者のウィリングだと思っていたときに言った言葉です。あの二人は手を組んでいるように聞こえました——『彼ら』に対抗してね。彼らとは、ブリンズリー・ショーとミス・ディーンのことなのか？　それとも、今夜ここにいた誰か別の人間のことなのか？　ほかにもゆすりに手を染めそうな者がいたのか？」

この問いに、ツィンマーは笑うばかりだった。「ご自分で判断してください。ショー家の二人とミス・ディーンのほかには、詩人のスティーヴン・ローレンスと娘のパーディタ、ゼアオン・ヨークと……」

「〝スターダスト・クラブ〟を経営している男か？」フォイルが口をはさんだ。「二十五年前、やつは酒の密造人と取引をしていた」

「あの頃に酒の密造人と取引のなかった者がいますかね？」ツィンマーは言い返した。「あとは、奥さんのロザマンド、私の妹のグレタ・マン、ヒューバートとイゾルダのカニング夫妻です」

「土建業者のバート・カニング？」

「そうです」

フォイルはこのやりとりで少し色を失ったようだ。ベイジルは土建業者のカニングが市の政治に深くかかわっていることを思い出した。「マン夫人には明日会うことにしよう」フォイルは立ち上がった。「まずはミス・ショーと話さないとはじまらんな。それと、あの小男の身元を突き止めないと」

「衣服には身元の手がかりになるしるしはなかったのですか？」とツィンマーはフォイルに聞いた。

「なかったですね。夜会服はベイジル・ウィリング名義で借りていた。ほかの服は大量生産品——どこのデパートの特売場でも買える代物です。個人的な書類もありません。それも偶然ではないのかも。ウィリングを名乗っているあいだに、身体検査を受ける可能性もあると思っていたのかもしれない。結局、本当の身元を示すものはなにも身に着けていなかったんですよ」

ツィンマーは再びベイジルのほうを見た。「今夜、一緒にこの家を出るときにあの男が言っていたことですが、あなたとは旧友でもなんでもないんでしょうな？」

「ここから一緒に出るための方便でした」とベイジルは白状した。「正体を問いただしたとき、二人だけで話せるなら、ちゃんと説明すると言い張ったからですよ。そのチャンスを与えたのに、なにも言わないうちに死んでしまったというわけです」

「なんにもですか？」

「手がかりになることはなにも。鳴く鳥がいない場所は恐ろしいと言っていましたが、場所の名前は言いませんでした。最後の言葉はまさに『鳴く鳥がいなかった』でしたよ。

なにか思い当たる節はありますか？」

ツィンマーはぽかんとした。「さっきも言ったが、急性アルカロイド中毒は末期になると錯乱を起こすものです」

「しかし、錯乱状態といえども真実を語っている場合もあるものですよ」ベイジルはつぶやくように言った。「夢などが潜在意識から現れるのと同じです」

「その点はいずれじっくり論じ合いたいものですな」ツィンマーは人懐こい笑みを浮かべた。「なにやら妙な状況でお会いすることになりましたな、ウィリング博士。お気づきか知りませんが、今夜どうしてここに来られることになったのか、まだ教えていただいてはいませんよ」

ベイジルは説明した。

「そういうことなら、あの偽者には感謝しなくては。そう申し上げましたのも、ご高名は存じ上げておりましたし、ずっとお目にかかりたいと願っていたからですよ。いずれまたお会いしたいですな」

「私もです。ハイゼンベルク変分についてもお話しできるかも」

「ハイゼンベルク変分ですと？」ツィンマーは眉をひそめた。「原子物理学の言葉ですかな？」

「そうです。ところが、偽者のウィリングが精神科医を自称していたので、ロザマンド・ヨークがハイゼンベルク変分のことを質問して試したのですよ。すると、レディーの前で話すようなことではないと言い逃れしたのです」

ツィンマーは腹の底から笑った。「すると、ロザマンドはあの男の正体を疑っていたわけですね？」

「ええ。ここにいた者の中で、私の顔を知っていたのは彼女だけのようですから」

彼らが玄関ホールに移ると、オットーがうろうろしていた。フォイルは立ち止まった。

「タクシーの運転手が九時半にウィリング博士を迎えに来なかったかい？」

オットーはツィンマーのほうをちらりとうかがってから答えた。「はい。ウィリング博士はすでに帰ったと答えました。警察を呼ぶぞと脅すまで帰ろうとしませんでしたが」

「今夜、ウィリング博士と名乗った小男を憶えているかい？」

「はい」

「なにかおかしなところに気づかなかったかね？」

「はあ――十三は博士が夕食会ではいつも避けていた数字でしたのに、十三人目の客だったことです。でも、招待客の名を名乗ったものですから……こちらの紳士が怪しいと思いはじめたんです」オットーはベイジルのほうをちらりと見た。「お名前もおっしゃいませんでしたから」

ツィンマーが口をはさんだ。「今後のこともあるから言っとくがな、オットー、こちらがベイジル・ウィリング博士だ。あいつは偽者だったのさ」

「本当ですか？」オットーはツィンマー博士のもてなしを悪用する者がいるとは信じられないとばかりに目を見開いた。

「その偽者の行動とか話したことで、何者なのか手がかりになることはあったかい？」とフォイルは質問した。「どんな仕事をしているのか、どこの土地の出身か、といったことだ」

オットーはゆっくりとかぶりを振った。「いいえ。どこの誰とも分かりませんでした」ツィンマーは、突然なにか思いついたようにはっとした。「もしかすると……」玄関ホールのテーブルに行き、引き出しを引いた。「ダガンという名前かも？」

「どうしてダガンなんです？」フォイルは問い返した。

「客がみな帰ったあと、妹と客間でしばらくパーティーのことを話していたんですが、そのとき、自分の座っている椅子の座部とクッションのあいだに、これが挟まってるのを見つけたんです」ツィンマーは引き出しからなにかを取り出した。

片面にセロハンの窓が付いた革製の免許証ケースだ。セロハンの奥に印刷された文字が見えた。フォイルはケースを電気スタンドに近づけて読んだ。

「ジャック・ダガン名義で発行されたものだ」と言った。「私立探偵の認可証だな」

# 第五章

彼女は相手が入ってきたのに気づかなかった。彼のほうも、彼女が本を読んでいるのか、うとうとしているのか、よく分からなかった。立ち止まると、足を暖炉に向けて肘掛椅子に座っている彼女の姿を幸せそうに眺めた。

長いたっぷりしたガウンは、暖炉の火の照り返しで、ピンク・ローズの赤みがかった色にかすかにきらめいていた。柔らかい黒髪はとりわけ際立った影をなしていたが、いつもなら青白い顔も火の照り返しで輝いて見えた。まぶたは閉じていて、二つの相対する黒い三日月形をなした眉とまつ毛は、書道の毛筆のようにつややかに光っていた。

以前なら、夜、帰宅してこの部屋に入っても、暗くて誰もいなかったものだ。現役の精神科医にしてみれば、一人暮らしをして、外出も帰宅も好きなときにし、食事も気まぐれな時間にとったり、遅くまで読みたい本を読み耽《ふけ》ったりするのも悪くはなかった。だが、今のほうがいい。

部屋を横切り、椅子に身をかがめて、温かい頰に軽くキスをした。「ギゼラ」

黒いまつ毛がまたたいた。目を開けながらにっこりした。彼は頰から開いた唇へと口を移動させ、部屋はしばらく静けさが支配した。ようやく椅子の前に回り暖炉前の敷物に座ると、彼女の膝の上で手を握った。「ぼくの伝言はフォイル警視から届いたかい?」

「ええ。ポールの家に電話してこられたわ。あなた抜きで夕食をいただいて、ポールが家まで送ってくれたの。いいお食事だった。あなたがいなくて残念よ。シンシアが心配してたわ」

「君は心配してなかったろ?」

「あなたなら大丈夫ですもの」

彼はにっこりした。「君と結婚してよかったと思うのは、まさにそこさ。世の妻は、すねたり、あれこれ詮索したりするものだけど。君はなにがあったかも聞かないんだから!」

「だからって、知りたくないってことじゃないわ」と微笑み返した。「なにがあったの、ボーンズさん?(ボーンズ氏はミンストレル・ショーのキャラクター)」

彼はひととおり話した。「……かくして、ぼくの冒険は災難に変わり、こっけいな茶番劇は恐ろしい悲劇と相成ったわけさ。警察の連中がレストランに来ると、なにやら胡散臭げにぼくを見たけど、さいわい、ぼくのことを知ってる殺人課の職員もいたから、フォイルに電話してくれたんだ」

彼女はすっかり目を覚ました。椅子にまっすぐ座り直し、にわかにもの憂げな目になった。「ジュニパーが食堂にサンドイッチを作っておいてくれたの。魔法瓶にコーヒーも入ってるわ」

「お腹は減ってないよ」

「それなら、残りの話もしてちょうだい」

「残りだって？」

「ミス・ショーはなんて説明したの？」

「おいおい、お嬢ちゃん！」

「お嬢ちゃんですって？」

「ある意味そうさ。フォイルが今夜のうちに、ミス・ショーに尋問したなんて本気で思ってるのかい？」

「違うの？」

「ツィンマーの家を出たのは深夜過ぎだ。ミス・ショーは八十を超えた病人だよ。マンハッタンでも一番裕福な土地所有者の一人だし、土建業者のヒューバート・カニングの知人でもある。フォイルは電話はかけたよ。甥のブリンズリーが出て、ミス・ショーは電話には出られないと言ってね――睡眠薬を飲んで寝てしまったというんだ。フォイルは、ジャック・ダガンかベイジル・ウィリングを知ってるかとブリンズリーに尋ねた。なりすましの件やダガンが死んだことには触れずにね。ブリンズリーは、ダガンもウィリングも、そんな名前のやつは知らないし、興味もないと答えた。付き添いのミス・ディーンにも聞いたけれど、ウィリング博士はミス・ショーの友人だが、ジャック・ダガンのことは聞いたこともないって話だった。かくしてフォイルは、ミス・ショーに明日会う約束を入れたというわけさ。ほかにどうしようもないじゃないか」

「気の毒なダガン！」ギゼラはため息をついた。「その人、今夜ここに来たってご存じ？」

「ここに？　この家にかい？」ベイジルは眉をひそめた。

「たぶんね」と彼女は言った。「でも、帰宅したとき、あなたが出かけた直後に男の人が訪ねてきたってジュニパーから聞いたの――小柄な人で、あなたが不在だって聞いたら動揺してたそうよ。名前も言わず、伝言も残していかなかったの」

「それでダガンは今夜この界隈にいたのか！」

「でも、それって変だわ！」とギゼラは声を上げた。「どうして偽者が自分の化けている相手の家を訪ねたりするの？」

「理由はいろいろ考えられる。ぼくが海外にいるあいだなら、名前を拝借しても無難だと思っていたのかも。今夜、ぼくが帰国していると聞いて、ここに来たのかもしれない。

『申し訳ない』とひれ伏して、暴露されるのを未然に抑えようとしたとかね」

「でも、だいたい、なんであなたの名前を使ったわけ？　架空の名前を使ったほうが無難でしょうに！」

「確かに、プロの探偵にしてはなにやら素人っぽい感じだね」とベイジルも認めた。

「あなたがこの家から出てくるのを見て、たばこ屋までつけてきたと思う？」

ベイジルは首を横に振った。「いや。ぼくのほうから名乗り、ヨーク夫人が身元を請け合って、はじめてぼくが何者か知ったのは間違いない」

「彼女がすべての黒幕とは思わない？　それとも、ニューヨークの数百万の人口のなかで、あなたを知ってる人があの場にいたなんて、まったくの偶然だっていうの？」

「〝ニューヨークの数百万〟というのは、ブルックリン、ブロンクス地区、ウィリアムズバーグとその郊外を含めてだろう」とベイジルは言った。「だが、ぼくらが住んでいるニューヨークは小さな町だ。五番街を歩いていれば、必ず二、三人は知り合いに出くわすよ。メイン・ストリートと同じさ。ツィンマー家にいた連中は、ぼくらが知っていてもおかしくない人たちばかりだったよ――ワシントン・スクエアから八十番台の通りまでの、マンハッタンの小さな区画のなかを往来する人たちさ。顔見知りに出くわさないほうが驚きだよ」

「そうでしょうけど――ヨーク夫人のことは気になるわね」

ベイジルは笑った。「彼女も君のことを気にしてるよ。君も連れて遊びに来てくれと言っていた。よかったら一緒に行って、鳴く鳥がいない場所に思い当たる節があるか聞いてみたらいいさ」

「鳴く鳥は絶えてなし、よ」とギゼラは訂正した。

「そうなのかい？」

ギゼラは立ち上がって、小さなベラム装丁のキーツの詩集を取ってきた。

「湖畔の草は枯れ、鳴く鳥は絶えてなし……」と読み上げた（キーツの「つれなき美女」より）。「ダガンはこの引用を言い間違えたんじゃないかしら？」

「たぶんそうだろうな」

「これに重要な意味を込めたんだわ」とギゼラは言った。「でなきゃ、いまわの際にそんな言葉を振り絞りはしないでしょうから。誰か〝つれなき美女〟のことを言おうとしたのかも。意識が朦朧《もうろう》とする中でそんな女性を表現するには、この引用が一番手っ取り早いと思えたのかもしれないわ」

「そもそも引用だったのかな？」とベイジルはつぶやいた。「それとも、鳴く鳥がいない場所のことを告げようとしただけだったのか？　場所かどうかも――あるいは時期かも――言わないうちにこと切れてしまったから、なにが言いたかったのか、どうにも分からない」

「時期ということなら今、つまり春よ。鳥がさえずりはじめるのは春ですもの」とギゼラは言った。

「じゃあ、場所なら？」

「ほとんどどこでも当てはまるわね。都会でも、車の騒音がうるさくなる前の早朝なら、雀や鳩の鳴き声くらいは聞けるもの。もし、ダガンが最後の数日どこにいたのか分かりさえすれば……」

「もし、か……」ベイジルは疲れたように目を閉じ、彼女の膝に頬をすり寄せた。

ギゼラは指で夫の髪に触れ、表情をうかがった。「ダガンは体つきも性格もあなたとは似ても似つかないって言わなかった？」

「だといいけどね」目を開けてにやりとした。「ぼくにも欠点はあるが、泣き言を並べたりはしない」

「じゃあ、自分がウィリングだって、ほかの人たちにどうやって信じさせるつもりだったのかしら？」

「自分の相手にする連中がぼくの顔を知らないと分かってたんだな」とベイジルは言った。「だから、その連中と一緒のときは、ぼくの顔を知ってる者と出くわすこともないと高をくっていたんだ。今夜はその当てが外れてしまった。ぼくがいなくても、ヨーク夫人なら、彼がベイジル・ウィリング博士だと名乗ったとたん、偽者だと気づいただろうからね」

ギゼラは穏やかに言った。「それが今夜死ぬはめになった理由なのかも」

「ずいぶんとロザマンド・ヨークを疑うね」

「たぶん嫉妬心よ！」ギゼラは正直に言った。「でも、ダガンが死ぬ前に真相に感づいたのは、彼女だけじゃなかったのよ。十三人目の客が〝ウィリング〟と名乗ったときに、ツィンマーもミス・ショーもなにか変だと気づいたはずよ。二人ともウィリングにはさっきあいさつしたと思っていたし、十二人しか客の予定はなかったわけだから」

「だとしても、ダガンが何者かは分からなかっただろう」とベイジルは言った。「ウィリングじゃないと気づいただけさ——ツィンマーが実はもっと早いタイミングで探偵認可証を見つけていたというなら別だが」

「オットーが見つけて、ツィンマーに話していたってことはない？」

「ないね。ダガンがいたあいだ、オットーにはツィンマーにこっそり話しかける機会はなかった。ぼくはツィンマーから目を離さなかったんだ。招かれざる客だといつ咎《とが》められるか分からなかったのでね。ツィンマーは、ダガンにあいさつしたあと、ミス・ショーと話していた。そのあと、ヨーク夫人、ダガン、それとぼくと話していたんだ」

「例の色付きグラスは、たぶんボヘミアガラスね……」ギゼラは炎の最後の燃え残りをじっと見つめていた。「『そう』という言葉の使い方といい、客が着くと名前を告げたり、

二、三人集まると、そこにトレイでカクテルを提供したりなんてお堅い行事の形式という――ポールとシンシアも、最近じゃ、お客さんにはミニバーで勝手に飲んでもらうようにしてるのに。それと、ツインマー、マン夫人、オットーという名前……みんなドイツ系じゃない？」

「そうだね、ギゼラ・フォン・ホーヘンエムス」と意地悪を言った。

「私はドイツ人じゃないわ。オーストリア人よ。しかも、ドイツ人を嫌う十分な理由があった。要するに、ナチスよ」

「たぶん、ツインマー博士も同じだよ。でなきゃ、戦後にビザを取ってこの国に来たりはしなかったろう」

「そうかしら」ギゼラは嫌悪で眉をぴくぴくさせた。「ほんとにおかしな連中がニューヨークにどんどん流れ込んできてるわ。正真正銘のパスポートを持って、全然悪びれることもない笑顔を浮かべながらね。ツインマーって名前はファウストみたいに聞こえるわ。オットーは、あなたの話からすると、奇妙な人ね。ただの使用人じゃないけれど、友人でもない――悪魔崇拝者の〝使い魔〟ってところね」

「悪魔崇拝者にしてナチスだって？　気の毒なツインマーがドイツ系の名前を持ってるというだけでかい？」ベイジルは声に出して笑った。「ごく普通の人に見えたけどね――働き盛りの精力的な男だし、機転もきいて物わかりもいいし、愛想もいいが、その裏には気力や冷淡さもある。軽くあしらっていい相手じゃない」

「ダガンも気の毒ね」ギゼラはため息をついた。「そんな人たちが相手じゃ、太刀打ちできなかったわね。タクシー運転手を迎えに来させた件を見てもそう。危険が身に迫ってたんだとしたら――いかにもお粗末だわ！」

「しかも役に立たなかった」ベイジルもうなずいた。

「そうかしら？　そのおかげで、犯罪が起きる前にあなたが事件にかかわることになったのよ」

「こうなっては、それもダガンにとっちゃ、たいした慰めでもないけどね！」ベイジルは妻を抱きよせた。「しばらくあの男のことは忘れようよ……」とギゼラにキスをした。

真昼の日差しが朝食のテーブルにさんさんと照っていた。ギゼラはコーヒーを注ぎ、ジュニパーがベイジルの食事の横に夕刊紙の早版を置いた。上院議員が内閣の事務官を共産党員呼ばわりしたという記事にざっと目を通し、今世紀で最も優れた小説についての書評――今月で五冊目――を拾い読みすると、論説のページを開いた。訃報欄の見出しをちらりと見ると、目が釘付けになった。字を読みながらも、書かれていることは信じがたかった。「ミス・キャサリン・ショーク、睡眠中に死去……ニューヨークの旧家の女主人」

# 第六章

完全無欠というのは、キャサリン・ショーの客間にこそふさわしい言葉だ。日差しの照り返す表面は磨いたばかりのように輝いていた。青白い壁を背に、マホガニー材でできたジョージ王朝様式の黒っぽい家具がくっきりと際立っていた――ばねのように二重に湾曲したテーブルの脚、ブレークフロントキャビネットの洗練された波型、チッペンデール風の椅子の背が持つ豊かなふくらみ。モーツァルトが目の前に現れそうだった。

フォイルは部屋を見回すと、眉をひそめた。「灰皿がないな」

ベイジルも見回した。あちこちに、リモージュの素敵なほうろう鉄器もあれば、マイセンの美しい磁器も置いてある。クリスタルガラスのキラキラした鉢も何個かあったが、これはいずれも、嗅ぎ煙草入れ、小像、あるいは花瓶で、灰皿と見紛うものは部屋に一つもなかった。

ドアが開くと、シャーロット・ディーンが戸口に立っていた。背が高く細身、長い指をした手とほっそりした脚の女性だ。手はマニキュアなしでも美しく、足にはほどよいヒールの靴をきちんと履いていた。まっすぐな髪は、うなじで巻いてなめらかに編まれていて、大理石のように硬くつややかに見える――グレーがかった淡褐色の髪だ。喪服がピンクがかった白い肌の瑞々《みずみず》しさを引き立てていた。口紅もつけず、見たところ白粉もしていない。

「フォイル警視さんですか?」優しく高い声だった。「確かに、今日の午後にミス・ショーに会う約束をされるお電話は昨夜いただきましたけど――新聞はご覧になってませんの? ご存じありませんの?」声が震えた。

「ミス・ショーが亡くなったことですか? ええ、存じております」フォイルは厳粛に答えた。「申し訳ありませんが、約束どおりお伺いせざるを得なかったのですよ――あなたにお目にかかりたかったからです」

「そうですか。では、どうぞお座りください」

彼女はかかとを交差させて座り、手は椅子の腕に軽く載せた。椅子と部屋にふさわしいくつろいだ姿勢だ。日差しが彼女の顔に射し、ベイジルは泣きはらしたらしい赤く腫れたまぶたに気づいた。

「ミス・ショーが亡くなられた原因は?」フォイルは尋ねた。

「心不全ですの」シャーロットの話し方は遺族の女性にふさわしく、お悔やみを込めた問いに応じることに慰めを見出しているようだった。「お医者様は一年前には死期を迎えるものと予測しておりましたが、あの方は生きる強い意志をお持ちでした。つい先月、養生すればあと五年は生きられるかも、とお医者様から言われたところですのに」

「何年ご病気だったのですか？」

「まず四年前に腰の関節炎を患いまして。二年前に視力を失いました――白内障です。ご高齢で手術に耐えられなかったものですから、私が付き添いとして雇われたのです。日々二十四時間ずっとおそばにおりました。私が出かける午後の二時間は別でしたが、その間は女中が付き添っておりました」

フォイルは興味を惹かれた。「昨夜も付き添っておられたのですか？」

「ええ、もちろんです。隣室で寝ておりましたし、いつ呼ばれてもいいように、間のドアは開けっ放しにしておりました」

「昨夜はあなたを呼ばれましたか？」

「一度だけ。あなたからお電話をいただく直前でした。睡眠薬を一つご所望でした。私はそのあと就寝して、今朝八時にお部屋に入りました。仰向けに寝ておられて、安らかな笑顔を浮かべておられました。しばらくして私も気がつきまして……すぐにお医者様をお呼びしたんです。いまわの際に目を覚まされたとしても、誰にも手の施しようがなかったろうとのお話でした」

「よく睡眠薬を飲まれたのですか？」

「ほとんど毎晩です。腰痛をお持ちでしたので」

「薬はどこに置いてありましたか？」

「私のベッド横のテーブルの引き出しです」

「昨夜はいくつありましたか？」

「六つです」

「今朝は？」

「もちろん、五つです。昨夜は一つだけ差し上げたと申し上げませんでした？」

「そうでしたね」フォイルはさりげなく答えたが、はじめてシャーロットが落ち着きを失ったように見えた。

「どんな薬を飲んでいたかご存じですか？」フォイルは続けて聞いた。

「コデインです」シャーロットは、かすかに眉をひそめながらベイジルのほうを見た。

「昨夜、ツィンマー博士のお宅でお目にかかりませんでしたかしら？」

「こちらは地方検事局のウィリング博士です、ミス・ディーン」とフォイルは説明した。

「でも、ツィンマー博士のお宅では別の方がウィリング博士だと紹介されましたわ！」

「その男は昨夜死にました」とフォイルは言った。

「まあ……なんて恐ろしい！　車にはねられたのですか？」

「いえ。毒殺されたのです」あとから思いついたように付け加えた。「コデインでね」沈黙が広がり、マディソン・アヴェニューの車の往来の喧騒が聞こえてきた。東七十番台の番地の住宅が並ぶこの横道は静かだったし、窓も開けっ放しになっていた。日差しが古いレースの薄く透けるようなカーテンを通して差し込み、床にその模様を影にして映していた。時おり、そよ風がカーテンを揺らすと、影も一緒に揺れた。

「とんでもないことです」声をこれだけ平静に保ち、余計なことは口にしないようにするには、厳しい社会生活上の鍛錬を要する。「その方はどういう人でしたの?」

「我々が突き止めたところでは、ジャック・ダガンという私立探偵です」

「まあ、昨夜電話をかけてらしたときに、ご質問のあった人の名前ですわね。でも、亡くなったとはおっしゃいませんでした」

「まずミス・ショーにお話ししようと思ったのですが、こうなりますとね……」フォイルは、手に負えないという身ぶりをした。「ツィンマー博士は、ダガンに会ったのは昨夜が初めてだし、ダガンをウィリング博士として夕食会に招いたのはミス・ショーだと言っているのですよ」

「かもしれませんね」シャーロットはためらいがちに認めた。「一週間前、ミス・ショーから、一緒にツィンマー博士の夕食会に伺うつもりだからと言われました。夕食会での私の相方として、わざわざ殿方を一人探していただく手間を省いて差し上げたいから、自分の友人のベイジル・ウィリング博士を招いてもいいかとツィンマー博士にお尋ねになっていましたわ。ダガンという人のことはおっしゃっていませんでした」

「ミス・ショーがそんなことをしたのは、ちょっと変だとは思いませんでしたか?」

「ええ。でも、ツィンマー博士は親しいご友人でしたし――それに……」シャーロットのピンクの頰が真っ赤になった。「実を申しますと、ミス・ショーはお見合いみたいなことを考えていたのではないかとふと思いましたの。ミス・ショーがそのウィリング博士と私をあからさまに引き合わせようとなさったりしたら、困ってしまうわと思ったものです。でも、よかれと思われてのことと分かっておりましたし、あの方はいつもご親切で……」シャーロットは口を閉ざし、唇の震えを抑えようと努めた。

「その人が夕食会の前に帰ってしまって、ミス・ショーはがっかりなさったでしょうね」とベイジルは言った。「そのことでなにかおっしゃってましたか?」

「いいえ。ただ、ほかのお客様をウィリング博士と勘違いしたみたいなことはおっしゃってました。些細なことですのに、妙に落ち着きを失っておられたようです」

「ミス・ショーの生活で、私立探偵を雇おうとするようなことがあったんでしょうか?」とフォイルが聞いた。

シャーロットはぎょっとした。「つまり――そのジャック・ダガンという男は、ミス・ショーに雇われた探偵としてツィンマー博士の夕食会に行ったと?」

「おかしいですか?」

「あの方はそんなことをなさる人ではありません」

「犯罪の可能性を疑っておられたとしたら?」

「それなら、警察に通報するよう弁護士に頼んだことでしょう」

「犯罪とは限りませんよ。スキャンダル、民事訴訟とかね。だとすれば、弁護士も私立探偵を雇うよう勧めることもありますよ」

「弁護士がミス・ショーにそんなことを勧めたなんて考えられません」

「寛大な女性なら、盗癖のある人を訴えるようなことはしたがらないものです」とフォイルはほのめかした。「正体を突き止めたかっただけなのかも――その男か、女のね。ここでその手のことはありませんでしたか?」

「私の知るかぎりでは、ないですね」シャーロットはきっぱりと言った。「それに、私が気づいたはずです。家事は私が取り仕切っているんですから」

「ミス・ショーの友人で離婚の瀬戸際にある人は?」

シャーロットはかすかに笑みを浮かべた。「ミス・ショーがどんな方だったかご存じないんですね。でなきゃ、そんなことはお尋ねになりませんわ。ブリンズリー・ショーと私を別にすれば、親しいご友人は同世代のわずかな生き残りの方々だけでした」

フォイルはため息をついた。「ダガンとミス・ショーの関係をなんとかはっきりさせたいんですよ。目が見えなくなったあと、手紙類の管理をしていたのはどなたですか?」

「私信は私が口述で書きましたし、届いた手紙も読んで差し上げておりました。ビジネスに関することは弁護士が管理しておりましたわ。委任状を得ておられましたので」

「手紙にジャック・ダガンという名前が出てきたことはありますか?」

「いいえ」シャーロットは指先で額をなでた。「もちろん、即座には細かいところまで思い出せませんけど」

「それでは、彼女の文書類を調べさせていただいてもよろしいですね?」

「私には許可できませんわ。甥御さんのブリンズリー・ショーにお話しください。相続人でもありますし」

「今はご在宅ですか?」

「失礼して、確かめてまいります」

シャーロットが部屋を出て行くと、フォイルは問いかけるようにベイジルを見た。

「証拠がなにも出てこない事件のようだね」

「検死解剖は?」

「なにが見つかるって? コデインさ。それで? 彼女は自分で飲んだのかも。薬を節約しておいて過量摂取したのかもしれない。痛みがひどいときは不思議じゃない。手がかりは一つだけ——ダガンだ。これが殺人なのは分かってるからね」

ベイジルは窓のほうへ行き、陽光あふれる外の通りを見つめた。「ダガンの殺人は、あとからの思いつきのように見えるね——切羽詰まって間に合わせでやったことだよ。ミス・ショーの殺人は慎重に計画されたものだ——殺人とすればだがね……」

「午後の新聞を見て気づいてから、すぐ彼女の主治医に電話したんだ」とフォイルは言った。「納得していたよ。すでに死亡診断書にも署名している」

「先月には、あと五年は生きられるかもと言っていたのに！」

「かも、さ」フォイルは繰り返した。「彼女の歳じゃ、確実なことは言えなかったんだ」

廊下から足音が聞こえた。ベイジルは窓の朝顔口に立ち、日差しを背にして立った。フォイルは部屋の真ん中まで歩いていき、ドアが開くと同時に正面から向き合った。

ブリンズリー・ショーはほっそりと華奢で、歩き方も軽く小躍りする感じの男だ。まっすぐ上げた小さな頭に撫でつけられた髪は、なめらかで銀色に輝いていた。全体の印象としては、しおれた気品が感じられた。

「昨夜電話をかけてこられた警視さんですね？」つり上がった眉、うつろな目、無表情な口元は、傲岸さ、それとも愚鈍さの表れだろうか。「ぼくに会いたいとは、どういうわけですかね」いらだったように付け加えた。

「伯母さんが、亡くなる直前に私立探偵を雇っていたといえば驚かれますか？」とフォイルは尋ねた。

「驚く？　そもそもそんなこと自体信じられない！」

「しかし、そう思われる節《ふし》があるのですよ」

「節だって？　じゃあ、証拠はないんだな」

「私文書のなかに証拠があるかもしれません。調べる許可をいただきたいのですよ。なぜまったく柄にも合わぬことをなさっていたのか、理由を知りたいのです」

「ぼくも知りたいですな――本当に雇っていたのならですが。なぜ本人に聞いてみないのですか？　その探偵本人に」

「できないのですよ」とフォイルは応じた。「昨夜死にましたのでね」

「死んだ？」ブリンズリーはめまいを感じたみたいに頭を横に振った。

「コデインの過量摂取でね」

「事故ですか？」

「夕食会に出かける前に睡眠薬を飲む者はいませんよ。そのジャック・ダガンという男は、ツィンマー博士のお宅の夕食会に出席する予定だったのです」

「ダガンだって？」ブリンズリーは警戒の色を強めながらフォイルを見た。「思い出しましたよ。昨夜電話をかけてこられたときに、その名を出されましたね。そのときも申し上げましたが、ジャック・ダガンなどという人物は聞いたこともありません。ツィンマー博士の家にもそんな名の男はいなかったはずだ」

「ダガンは自分を〝ウィリング博士〟と紹介させたんです」

「ああ、あの男か！」ブリンズリーは興味をあらわにした。「ケイ伯母さんの手紙にその男のことが書かれていると、本当に思っておられるんですか？」

「あくまで可能性ですよ」

「だが、伯母の私文書を赤の他人に渡すのは気乗りしませんね！」

「裁判所命令を取ることもできますよ。そんなことをすれば世間の注目を集めますがね」

ブリンズリーは唇をすぼめた。「そういうことなら降参ですな。貸し金庫については弁護士に話していただかねばなりませんが、デスクの書類なら、ミス・ディーンがお見せできるでしょう」

「あなたにも立ち会っていただきたいのですが」

「いいですよ、警視さん。もしあなたと……」ブリンズリーははじめてベイジルのほうに目をやると、言葉を濁らせた。

「この方はウィリング博士です」とフォイルは言った。

ブリンズリーは鋭い目でにらんだ。「すると、ダガンが使ったのはあなたの名前だったわけだ！　昨夜、ツィンマー家でお会いしませんでしたかね？」

ベイジルは自分のほうのいきさつを簡潔に説明した。

「精神科医ですか?」とブリンズリーは言った。「ツィンマーのことを聞いたことがないなんて妙ですね。まさに第一人者なのに!」

「私は海外から戻ったばかりでしてね」

「それなら分かります。では書斎に行って、さっさと片付けてしまいましょう」

ブリンズリーは音楽室を通って家の奥にある小さな書斎に案内した。シャーロットがそこに待っていた。庭を見渡せるフランス窓が三つ、張り出し窓になっていて、書き物机が中央の窓に対して直角に置いてあった。書棚には革装の本がぎっしり並んでいた。ベイジルが背の書名に目を走らせると、ほとんどが詩集だった。垂れ板に置いてある吸い取り紙はかすかに薄紫色をしていた。インク壺とペン立ては銀製。旧式の鋼のペン先をしたペンは、セーム皮製の布巾できれいに拭いてある。小さな仕切りには、白い便箋、真っ赤な封蠟、紅玉髄製の持ち手が付いた印章が入っていた。

シャーロットは垂れ板を下ろした。下の引き出しには、薄紫色のリボンで束ねられた手紙の束と小切手帳が入っていた。

「まず、それから見てみましょう」とフォイルは言った。

「ジャック・ダガンに小切手を切っていたら、もちろん憶えてますよ!」

「そうですかね?」フォイルは、控え三つにすべて三月二十一日の日付があるページで手を止めた。最初の受取人は〝花屋〟、二人目は〝ブリンズリー・ショー〟、三人目が〝J・D〟と記されていた。花屋は二十一ドル五十セント、ブリンズリーは五百ドル、〝J・D〟は四百ドル受領となっていた。

「小切手帳にはどんなふうにサインしておられたんですか?」

「〝キャサリン・ショー、C・D代筆〟です。ミス・ショーが失明したときに、そうするように銀行と調整したのです」

「ご記憶もよみがえってきたようですが、J・Dにこの小切手を切ったことを憶えておられますか?」

「ええ、憶えてますとも」少し挑むような口調になった。「先月、ミス・ショーが私に、小切手を切って、控えには受取人のイニシャルだけ書き込むようにとおっしゃったんです。J・Dというイニシャルのことはすっかり忘れてました」

「この小切手は誰宛てに切ったものですか?」

「正直申し上げて憶えておりません。その後考えたこともありませんでしたので」

フォイルはシャーロットをじっと見つめた。「四百ドルもの額の小切手を切ったら、私なら、たとえ自分の金でなくとも、誰宛てに払ったものかくらい憶えているでしょうな」

シャーロットは顔を赤らめたが、まっすぐ顔を上げたままだった。「ミス・ショーは四百ドルくらいはよく振り出しておられました。珍しいことではありませんでした」

「おいおい、こんなのはばかげてるよ！」ブリンズリーが口をはさんだ。「支払い済み小切手と一緒に銀行から届いたケイ伯母さんの三月分の口座明細書を見れば、受取人の名前が分かるでしょう」

「見てみましょう」

シャーロットは震える手でデスクから茶封筒を取り出すと、フォイルに渡した。警視は小切手の束をぱらぱらとめくってから、明細書に目をやった。「借方欄には四百ドルの引き出しはないし、〝J・D〟というイニシャルの人物に切った支払い済み小切手もありません」

「それなら、まだ現金化も、預け入れもしてないんですわ」シャーロットは小さな声で言った。「四月分の明細書と一緒に届くんでしょう」

「あるいは、現金化されることはないかも」とフォイルは付け加えた。「ジャック・ダガンに切った小切手ならね」

「じゃあ、小切手はどこにありますの？」シャーロットは息をのんだ。

「分かりませんね」フォイルは顔をしかめた。「ダガンのアパートにはありません。殺人犯はどうやら、ミス・ショーがダガンを雇ったことを示す証拠の湮滅《いんめつ》を図ったようです」

「いやはや！」ブリンズリー・ショーは口元にかすかに笑みを浮かべた。「あの婆さんがそんなことをこっそりやってたなんて知らなかったよ！　私立探偵を雇って、そのことを誰にも言わず――重宝なミス・ディーンにも話さなかったなんて。それとも、話していたのかな？」ブリンズリーのうつろな表情は、ただの愚鈍さの表れではなかった。不意にシャーロットに向けた視線は抜け目がなく、射抜くようだった。

「いいえ、ショーさん。話していただいてませんわ」シャーロットは怒りを見せた。

ブリンズリーは声に出して笑い、再びフォイルのほうを向いた。「ダガンの事件に関して伯母の名をおおやけの場で言及する必要はないんでしょうね？」

「伯母さんが事件にどこまでかかわっていたかによるでしょうね」

「ケイ伯母が殺人とかかわりがあったはずがありませんよ」ブリンズリーは食い下がった。「仮にその男を雇っていたのだとしてもね」

「どうしてそうはっきり言えるんです？」フォイルは小切手帳を脇に押しやりながら言った。「私立探偵に助けを求めるのは、警察には言えない事情がある場合ですよ。たいていは、疑いをかけている相手が大切な人で、訴えるのではなく、守りたいと思っている相手だからです。しかし、ミス・ショーのような女性は、大切な人にスキャンダルやちょっとした犯罪の疑いがあるとしても、これを調べるのに私立探偵を雇うとは思えない。性格にそぐわないですよ」

「さっきからそう申し上げてるじゃないですか！」ブリンズリーは怒りをあらわにした。「とはいうものの、この小切手の控えからすると、彼女が私立探偵を雇っていたのは間違いありませんな」フォイルはひるむことなく言った。「私には、そんな女性が探偵を雇う理由は一つしか考えられない」

ブリンズリーは不安げに警視を見た。「というと？」

「殺人ですよ。自分を殺そうとする企みがあれば、一生を通じての習慣も変わろうというものです。それでも、彼女は普通に警察に相談するより、私立探偵を雇うほうを選んだ。スキャンダルを恐れたからですかね？　それとも、疑いをかけていた相手への愛ゆえにでしょうか？」

シャーロットは青ざめた。ブリンズリーは冷静さを保っていた。「見当違いですよ、警視さん。〝疑いをかけていた相手への愛〟というなら、ケイ伯母さんがジャック・ダガンを雇おうとまで思ったきっかけは、ミス・ディーンかぼく自身のことだと思ってらっしゃるのははっきり分かりますよ。伯母さんと最も親しかったのは、ぼくら二人ですからね。ほかに伯母が気にかけていた相手といったら、高齢者か物故した人たちばかりですよ。だが、あなたは一つ見逃していることがある。つまり、ケイ伯母さんはその探偵を家に入れたことはなかったということです。ミス・ディーンやぼくのことを調査するのなら、そうしたほうが一番簡単だったでしょうに。ところが、伯母は、なにやら手の込んだ段取りをして、昨夜のツィンマー家の夕食会に彼を出席させるようにした。ということは、伯母がダガンに監視させたかった人物というのは、ツィンマー家にいた人間のように思えますがね」

「昨夜、伯母さんはほかの方々にどんなふうに対応しておられましたか？」とフォイルは聞いた。

ブリンズリーはちょっと考えた。「ツィンマーとはとても親しそうでしたよ。彼は高齢のレディーには愛想がいいですからね。彼が伯母の崇拝の対象になってまだ一年足らずです。伯母がよく言ってましたよ。ぼくのような世代のそこらの男より、はるかに優れた人だってね」

「ツィンマーをミス・ショーに紹介したのは誰ですか？」

「ああ、ぼくだと思いますよ」

「あなたはどこで知り合ったんですか？」

「そうですね、最初に会ったのはロザマンド・ヨークの家だったな。でも、ぼくも患者としてかかるまでよくは知らなかった」

「どこがお悪かったんですか？」

ブリンズリーはまごついた。「その——つまり——一年ほど前に、いわゆる神経衰弱というやつにかかりましてね。でも、今はよくなりました。ツィンマーは万事心得ていますよ……。ケイ伯母さんが彼を気に入っていたのは、そういうこともあったんです」

「ほかの方々はどうでしたか？」

「ケイ伯母さんはロザマンド・ヨークを気に入ってましたが、ゼアオンのことはそうでもありませんでした。パーディタ・ローレンスのことは、意気地なしだと思っていたようですが、パーディタの父親のスティーヴンにはとても好意を寄せてましたよ」

「カニング夫妻についてはどうです？」

「ケイ伯母さんは嫌ってましたね」

「どうしてですか？」

ブリンズリーはその質問をシャーロットのほうに振った。「理由が分かるかい？」

「カニングさんご夫妻、とくにカニング夫人のほうは、ツィンマー家に来る人たちとしっくりいってなかったようなんです」とシャーロットは言った。「あのご夫妻とお会いしたのは、ツィンマー家にいたときだけですわ」

「さほどお役に立てず申し訳ありませんな」ブリンズリーはすっかり落ち着きを取り戻していた。

「もしかすると、これらの手紙に……」フォイルは最初の手紙の束を手に取ったが、すべて手書きなのに気づいて首を横に振った。

ベイジルはシガレット・ケースを出そうと手を伸ばしたが、部屋に灰皿がないのに気づいて手を下ろした。

ブリンズリーはにやりとした。「庭なら吸えますよ」先に立って、開いたフランス窓を通り抜けて案内した。「もっとも、今となってはどこで吸ってもかまわんのですがね」

市街地の家の庭というより、庭園という感じだ。高い板囲いはツタや灌木に覆われて見えなかった。果樹が二本植えてあり、石張りの浅いため池がある。ところが、三方に生える灌木よりも高くそびえる高層建築物のせいで、庭は洗練されたモダンな監獄の中にある、四人用運動場のように見えなくもない。

「ミス・ショーはたばこがお好きではなかったようですね？」ベイジルは敢えて聞いた。

「家には灰皿は一つもありません」ブリンズリーはゆったりと歩きながら言った。「吸うには、ここに出てこなきゃいけなかったんですよ。面白半分で吸う学校の生徒みたいに、自分の部屋でこっそり吸ったこともありますよ」立ち止まると、赤みがかった緑色の硬い芽が出ている果樹を眺めた。「ケイ伯母さんに言わせると、喫煙は不潔で危険な習慣というわけでね。この家に住むかぎりは、ベッドでは吸わないと誓いを立てなきゃなりませんでしたよ」

「そうなさったんですか？」とベイジルは尋ねた。

「誓いを立てたかって？　もちろん」

「そうではなくて、ベッドでたばこを吸われたんですか？」

ブリンズリーは笑い声を立てた。「まあ、吸っていないと伯母は思ってましたよ。重要なことはそれだけですから」

雀たちが浅い池に入り、広げた羽で水をぱしゃぱしゃとはたいた。鳩が一羽、日差しで暖まった小道を、もったいぶって歩いていた。

「こちらには長く住んでおられるんですか？」とベイジルは聞いた。

「大暴落以来ずっとですよ。もうずいぶんになりますね」ブリンズリーはその事実にあらためて心打たれたようだ。「大恐慌があって、戦争があって、そのあとは冷戦というわけです。いやはや、もう二十年ですね！　かつてはパーク・アヴェニューに自分の小さな家を持ってたんですが」

彼らは窓のほうにぶらぶらと戻った。フォイルはもう一つの手紙の束を見つめていた。

「ミス・ディーンが代わりに手紙を書いたのでないとすると、伯母さんはどうやってダガンと連絡をとったんでしょう？」とベイジルは聞いた。

「電話番号を教えてもらったのなら、電話をかけたのかも……。そんなことをしたとはまだ信じられませんがね」

「伯母さんとダガンが同じ晩に死んだという事実は残ります。ダガンが毒殺されたのは分かっていますし、そのとき彼は伯母さんに雇われていたと思うんですよ」

ブリンズリーは鋭い目で彼を見た。「つまり、伯母も……？」

ベイジルはうなずいた。

ブリンズリーがそのことを考えているあいだ、鳩の愛らしいクークーという鳴き声が日差しの射す庭に満ちた。「いいでしょう。では、ダガンは昨夜、ツインマー博士宅で誰かを監視するために伯母に雇われたのだとしましょう。たぶん、その人物はダガンに監視されていることに気づき、彼を毒殺した。ダガンがやばい秘密に鼻を突っ込んできたからです。その仮定に立っても、ケイ伯母さん自身も毒殺されたということにはなりませんよ。だって、その仮説上の人物は、ダガンを雇ったのは伯母さんだとどうやって知ったんです?」

「ミス・ディーンが知っていました」とベイジルは言った。「彼女がダガンに小切手を切ったわけですからね。『忘れていた』と彼女は言いましたが、それは意識的な記憶からは失われていたということです。潜在意識の記憶としてはずっと残っていたはずですよ」

「しかし、〝ウィリング博士〟と紹介された男が、ダガン宛てに小切手を切った当の男だと、彼女にどうやって分かったんです?　それに、ダガンが探偵だとどうやって知ったんでしょう?」

ベイジルは苦笑した。「じゃあ、ダガンが殺された理由はなんだと思われます?」

ブリンズリーは空を見上げたが、白い雲が風を受けて流れていて、普通なら目に見えない風の存在を感じさせた。まるで声に出しながら考えるように小さな声で言った。

「ウィリング博士、犯罪学のお仕事には長く従事してこられたのですか?」

「司法精神医学と言ってほしいですね。戦時中を除けば、一九三八年以来、地方検事局に所属しています」

「多くの犯罪者を追いつめてこられたのでしょうね。相当なやり手とお見受けしました」

「ありがとうございます」ベイジルは淡々と言った。ブリンズリー・ショーがお世辞を言って機嫌を取ろうと下手な努力をしているのではないかと思ったのだ。

「何者かがジャック・ダガンを殺そうと考えた、きわめて明白な動機がありますよ。でも、それは伯母となんの関係もありません。まさか、そのことに気づいておられないと?」

「そのまさかですよ」とベイジルは笑って言った。少なくともこれはお世辞ではない。

「私は万能ではありませんので」

ブリンズリーは雲から目を離した。奥行きのないうつろな目がベイジルを正面から見つめた。「本当に気づいておられないんですか? ジャック・ダガンが殺されたのは、彼がジャック・ダガンだからではなく、ベイジル・ウィリングだと思われたからではないかと」

# 第七章

太陽は公園の向こう側に沈みつつあった。燃えるような黄赤色の日の輝きが、樹木の向こうの翳《かげ》りゆく青空を切り裂いて射し込んでくるようだった。鳥たちが眠たげに互いに語らいはじめると、ウェスト・サイドにそびえ立つ幾つものトロイアの塔に灯りがつきはじめた。こちらのイースト・サイド側では、人々が幽霊のように影も投げかけずに薄暗い中を歩いていた。ベイジルは、ギゼラに続いてエレベーターに乗り、「ヨーク夫人の部屋の階に」と係員に告げた。

女中がドアを開けると、いきなりどっとおしゃべりと笑いの洪水が二人を出迎えた。ベイジルはコートと帽子を、ほかの客のも載った玄関ホールのテーブルに載せ、二人は公園が見渡せる窓が十もある横長の部屋に入った。

この時間にしては部屋は薄暗かったが、というのも窓はみな片側にしかなく、二階分の高さの天井に対して小さかったからだ。壁は、ジェームズ一世時代風の居心地悪げな椅子やイタリア風のサイドボードと同じく、黒いオーク材の羽目板張りだった。シェード付き電気スタンドが二つあったが、薄暗い室内にはほとんど効果がなかったため、視線はいやおうなしに外に見える西側の空の素晴らしい眺めに引きつけられた。

スタンドの一つは、柔らかく伸びるライムグリーンの光をスポットライトのようにロザマンド自身に当て、流れるような髪を琥珀《こはく》色に引き立てながら、顔とのどの白さを際立たせていた。唇と爪は朱塗りされたように赤い色だ。のどのパールはドレスとの対照でかすかなグリーンに映えて見えた。

「つれなき美女……」とギゼラはつぶやいた。「『その髪は長く、足は軽やかなれど、その目は妖しく……』」

「まだ彼女に会いたいと思うかい？」

「ますますそう思うわ！」

彼女は両手を広げながら近づいてきた。「ベイジル！　この方がギゼラ？　あなたのことはシンシアとポールから素敵な話をいろいろお聞きしてるわ！　この人は夫のゼアオン・ヨークよ。ベイジル・ウィリングのことはお話ししたわよね、あなた？」

ヨークは背が低く、筋骨たくましい男だったが、グレーのげじげじ眉の下に限りなく悲しげな目をし、口が笑っていてもそれは変わらなかった。贅沢な家、商売の繁盛、美しい妻に恵まれても、ヨークは幸せではないのだ。

「ベイジル・ウィリングのことはいろんな人から聞いてるよ」とお世辞のつもりで言った。「ウィリングの奥さん、カクテルはいかがですかな? マティーニ、それともマンハッタンがいいかね?」

「マティーニをお願いします。でも、慌てなくてけっこうですから」

「どのみち遅いさ! バーの周辺の人だかりを見たまえ。昔やったフットボールの技を覚えとりゃいいが、ひとつ試してみるか」と、せかせかと離れて行った。

「さあ、なにもかも話してちょうだい!」ロザマンドは声を上げた。「あの小男は誰だったの? そのあとどうなったわけ? ゼアオンにはみんな話したけど、あの人も興味津々なのよ」

「じゃあ、彼が戻ってくるまで待ったほうがいいね」

「あら、だめよ! これ以上じらさないで」

「あの小男の名はジャック・ダガン」とベイジルは言った。「ツィンマー博士宅を出てしばらくあとに死んだ」

「死んだですって?」ロザマンドは目を丸くした。「どうやって?」

「ツィンマー博士宅にいたあいだに、アヘン剤を盛られたんだ。たぶんコデインだね」

「でも、そんなのあり得ないわ!」

「どうして?」

「だって、ツインマー博士以外にあの人を知ってる人なんていなかったもの」

「ツインマー博士も知らなかったそうだ」とベイジルは言った。「ミス・ショーの招待客として来てたんだ。どうやら以前に彼に会ったことのあるのは、彼女だけのようだね」

「彼女も同じ日の夜に亡くなったのよ」こう言うと、ロザマンドは一瞬口をつぐんだ。それから、普段よりもゆっくりと話した。「あなたの名前を名乗っていた理由も言わないうちに死んだの？」

「筋の通ったことはなにも言わなかった。ただ、鳴く鳥がいない場所のことをつぶやいただけさ」

「突拍子もない話ね！　現代の戦場でも鳴く鳥はいるわ。そもそも、ミス・ショーに自分がベイジル・ウィリングだと思わせようとしたのはなぜなのかしら？」

「彼女がそう思っていたと、どうして分かる？」

「ミス・ショーはあんなとんでもないなりすましに加担したりしないわ！　著名な精神科医のふりをして、金をだまし取ろうとした悪党に決まってるわよ」

「実は私立探偵だったんだ」とベイジルは言った。「それと、彼女の小切手帳には、〝J・D〟というイニシャルの相手に切った小切手の記録が残っていた。どうやら、あの男は本名でミス・ショーに探偵として雇われていたようなんだ」

ゼアオン・ヨークが両手にカクテルを持って戻ってきた。ロザマンドは、淡い色のグラスにオリーヴが入っているのを見た。「ゼアオン、頼まれたのはマンハッタンなのに、持ってきたのはマティーニよ！」

「失礼ですけど、私はマティーニを頼んだつもりですわ」とギゼラは言った。「それに、どっちでもかまいませんし」

「そうはいかないわ」とロザマンドは言い張った。「マンハッタンをもらってきてちょうだい」

ヨークの顔から笑みが消え、一瞬、ロザマンドを見つめた。「もちろんさ。すぐとってくるよ」

彼が急いで去っていくと、ロザマンドは再びベイジルのほうを向いた。「思い出したわ。今朝、『タイムズ』に小さな記事が出てたの。市街地のレストランでダガンという名前の人が急死したっていう。ツィンマー博士宅にいたあの小男と結びつけては考えなかったけど。ダガンなんて名前は私には何の意味もないもの。でも、今にしてみると……。」ベイジル、ミス・ショーが私立探偵を雇ったわけに思い当たる節はあるの？」

「それを君に聞こうと思っていたのさ」とベイジルは答えた。「君はミス・ショーの知り合いだったが、ぼくは違うからね」

「それですぐに会いに来たってわけね！」ロザマンドはあざ笑うような目をギゼラに向

けた。「ご主人にとって、私はただの証人の一人ってわけね。それとも容疑者かしら?」

ベイジルは笑った。「それならギゼラを連れてきたと思うかい?」

「連れてきていただいてよかったわ!」ロザマンドは高飛車にばかにするようないつもの態度に戻っていた。「でも、ミス・ショーが私立探偵を雇ったわけなんて全然知らない。お役には立てないわね」

「そんなはずはないさ」とベイジルは穏やかに言った。「昨夜のツィンマー博士宅にはおかしな雰囲気が漂っていた。君の言ったことにも戸惑わされたしね」

「なんてすごいことかしら――ベイジル・ウィリングを戸惑わせるなんて!」

「あの家でぼくと出くわして驚いたのはなぜだい? ぼくのことを垣根の向こうの人間だとずっと思ってたって言ったのはなぜだ?」

「マックス・ツィンマー博士とは違う立場の人ってことよ」ロザマンドの答えはなにやら取り繕った感じがしないだろうか?「あなたは修正フロイト主義者だし、彼はゲシュタルト心理学に忠実なのよ」

「確かかい?」

「もちろんよ。私も彼に診てもらってるんだから」

ベイジルははじめて医師としての目でロザマンドを見た。健康そうな女性患者を診たこともあるが、ロザマンドほど活力にあふれた患者には会ったことがない。ツィンマーは実はよくいる、たっぷり診察料をせしめる神経症専門のやぶ医者なのか？　ゲシュタルト心理学者は、精神病治療にかかわる、あらゆる要素を含んだ全体像を調べることが必要だと考える。シニカルなゲシュタルト心理学者は、患者の財政状況が全体像を把握するための最も重要な要素だと考えるのかもしれない。

「ブリンズリー・ショーも患者なんだ」とベイジルは言った。「ツィンマー博士のパーティーには、いつも患者やその家族が招かれるのかい？」

「あら、そうよ」ロザマンドはきっぱりと言った。「あなたがあの家にいるのを見て驚いたのは、それもあったのよ。だから、みんなお互いを知ることになるって言ったの。マックスの考えでは、精神科医は患者が普段通りの社会生活を送っているところを見るべきだというのよ。生物学者は死んだ動物の断面ばかり研究してきたけれど、今では動物の組織を漿液《しょうえき》中で培養して研究し、生命が活動する様子を時間と変化という第四次元でとらえるようになったというの。精神科医も同じことをすべきだし、患者が社会で活動しているところを見るべきだってね。だから、私たちや家族を毎週夕食会に招いて、お互いにどう対応するかを観察しているのよ。なんと言ったって、個性は二つの力——内なる精神と外の社会——の産物ですもの。マックスが言うには、どんな患者を理解するにも、その人に二つの力がどう相互作用しているかを確かめなくてはいけないというの」

「昨夜、君とブリンズリーのほかには患者で誰がいた？」

「私に分かったのは、パーディタ・ローレンスだけね」

「だが、カニング夫妻も、きっとどちらかが患者なのでは？」

「もちろんよ。でも、どっちかは知らないわ。素人目じゃ、ちょっと分からないわね」

ベイジルは、神経症気質の患者をあんなふうに一堂に集めては、全体の緊張感を爆発寸前にまで高めてしまうのではないかと首を傾《かし》げた。彼ら自身が精神病治療の観察下に常時置かれていると知っているのならなおさらだ。ミス・ショーが私立探偵を雇おうと思った理由は、そんな状況と関係があるのか？　精神を病んでいる者は病気のことを隠しておこうとするものだ。社会に受け入れられにくい病気の場合は特にそうだ。ダガンが殺されたのは、そうした秘密を守るためだったのか？

「それで一つ分かったよ」と彼は声に出して言った。「君たちが妙に種々雑多な人の集まりだったのがね。ミス・ショーのような年寄りの病人、スティーヴン・ローレンスのような知識人の隠遁者、それに、カニング夫妻のような軽薄な夫婦者というわけだ」

「それと、ヨーク夫妻みたいな、もう一組の軽薄な夫婦者というわけね」ロザマンドは楽しげに付け加えた。

「君とミス・ショーが一緒にいるところに出くわしても、驚きはしなかったろう」とベイジルは言った。「だが、カニング夫妻とローレンス親子は場違いな存在に見えたね。

それぞれ違う意味でだが」

「ローレンス親子は私の友人なの」とロザマンドは言った。「パーディタにマックスを紹介したのは私なのよ。それに、スティーヴンは隠遁者ってわけじゃないわ。今日もここに来てるわよ。お会いになる？　あなたに会えたら喜ぶと思うわ」

ロザマンドは窓のそばにいるグループのところに走って行った。「スティーヴン！　ちょっといいかしら。ご紹介したい友人がいるのよ」

病院で過ごすことの多いベイジルは、スティーヴン・ローレンスが慢性疾患に悩まされている男だと一目見て分かった。痛みに耐えている者の苦悩に満ちた目をしていた。虚弱な体、落ちくぼんだ頰、薄くなった髪、輝きを失ったブルーの目というだけではない。呼吸の弱さ、動きの鈍さ、物腰のおとなしさでもない。むしろ、妙に優しそうな笑顔と超然とした落ち着きのある目つきのせいだ。その様子たるや、紙がゆっくりと燃え尽きたために灰が元の形をそのまま残しているが、もろすぎて、ちょっと触れただけでぼろぼろと崩れてしまうという感じだった。彼の存在自体が、いかにもぐらつきそうな微妙な均衡を保っていて、ちょっとしたショックにも耐えられないように見えた。

彼とベイジルが互いにあいさつもし終えないうちに、ヨークがマンハッタンを持って戻ってきて、ロザマンドは新しく来た酒に気を取られた。この手の集まりにありがちなことに、小グループはアメーバのように分裂と増殖を続けていった。分裂繁殖のプロセスが終わると、ベイジルはヨークのグループに入っていた。

「奥さんが頼まれたのは、マティーニじゃなかったかな？」

ベイジルはにやりと笑った。「確かそうですよ」

「ロザマンドは人をチェスの駒みたいに考えて、自分の好きなように動かそうとするんだ。だが、今度の件では悩むこともないのに。みんな分かってることさ」

「なんのことですか？」

「ダガンのことだよ。昨日の夜、ツィンマー家を出たあと、ロザマンドのほうは帰宅したが、私は〝スターダスト・クラブ〟に行ったんだ。不眠症を抱えてるものだから、毎晩深夜過ぎにクラブで時間をつぶしながら眠気の具合を見てるんだ。あなたと警視が帰ったあと、ツィンマーがそこに電話をかけてきてね」

「なんのために？」ベイジルは聞いた。

ヨークは肩をすくめた。「私は顔が利くのさ——どんな〝人物〟にもね。私の時代にはそんな言い方をしたが、若い連中は〝人間〟と言うようだな」

「パリでは、〝タイプ〟とか〝個人〟と言いますよ」

「〝男〟以外の言葉ならなんだってかまわんさ。私が禁酒法時代に酒密輸業者と取引していたことは誰でも知っているし、ご承知とは思うが、警察署の人間と親しくなけりゃ、密輸に携わる人間ともうまく取引することはできんよ。これまでに友人を失ったことはないし、今でも警察には友人が何人もいる。だからツィンマーは電話してきたのさ。確かに驚いたよ。ツィンマー家であんな事件が起きるなんて誰も予想すまい」

「なぜカニングに電話しなかったんですかね？」

「いや、カニングにも電話したのさ。ツィンマーは抜かりがない。ドイツ人気質というものだよ」

「彼はドイツ人なんですか？」

「ドイツ人か、オーストリア人か、チェコ人か。どれだったか忘れたね。一年ほど前にバート・カニングを介して知り合ったんだ。バートも禁酒法時代からの友人だよ。ロザマンドはツィンマーに全幅の信を置いているし、彼もよく治療してくれたようだ。六か月前に彼に診てもらうまでは、彼女もぼうっとして神経過敏だった。それが今は……」とため息をついた。「そう、彼女を見てくれ」

ベイジルは見た。ロザマンドは、部屋の向こう側でローレンス、ギゼラと話していた。身に付けたパールと同じく、きらきらした目にはドレスの鮮やかなライムグリーンが映えていた。頰が赤く上気している。どんなときも目を引く女性だが、今は人間の肌からにじんだ温かい脂《あぶら》に触れて光沢を増したパールのように新たな輝きを発している。ベイジルは一瞬、コカインかモルヒネを打ったあとにぱっと顔を輝かせる麻薬中毒患者を思い出した。そんなものとは違う。ロザマンドにそんな症状は見られない。口紅の赤い色が目に留まり、ベイジルは吸血鬼伝説を思い出した——生者の血を思う存分吸うと、生き生きと血色を取り戻す〝生ける死者〟。なぜロザマンドの輝きには病的なものが感じられるのだろうか?

「ツインマーは悪評が立つのを恐れているのさ」ふと気づくと、ヨークが話していた。「彼を責めるわけにはいくまい。ダガンの事件は自分と無関係だと思っているし、自分の診療活動に障《さわ》ると恐れているんだ。彼にも言ったんだが、バート・カニングといえども、タブロイド紙まではコントロールできない。カニングによると、警察がうまく処理すれば、タブロイド紙も書き立てたりはせんとのことだったがね」

「ツインマーの名前はまだ新聞には出ていませんよ」とベイジルは言った。「彼にはさいわいなことに、ダガンは彼の家の外で死んだわけですしね」

「我々みんなにとってさいわいだったさ」とヨークは言った。「私の名前が出たりしたら、〝スターダスト・クラブ〟にもよからぬ影響があるだろうしな」

集まりはしばらく前にピークを過ぎていた。すでに潮は引きはじめていて、しばらくすると、ウィリング夫妻のほかには二人の客しか残っていなかった——スティーヴン・ローレンスと若い娘が一人だ。ベイジルは、そのときはじめて、彼女がローレンスの娘、パーディタだと気づいた。

身に着けたワインレッドのビロードの服は、銀色がかったブロンドの髪、りんごの花のような肌をした彼女の体の色合いに、パステル画風の繊細さをもたらしていた。だが、彼女の愛らしさにも欠陥がある。ピンクの口は柔和すぎて、眠っている人間か子どもの口のよう。目はうつろすぎて、周囲の世界にまるで関心がないみたいだ。物腰は魅力的だが——内気そうでもないのに寡黙ときてる。手をかけた訓練と金をかけた教育の成果なのは間違いない。知能水準は二十五歳から三十歳だが、肉体と情緒は、大人びた娘というより、子どものまま成長した大人という感じだ。ベイジルは氷河に閉じ込められた花を連想した。完全に開花した瞬間に凍結され、命を犠牲にして、その愛らしさを永遠に保存された花だ。

ギゼラはにっこりしてベイジルを見た。「隣保館でのお仕事について、とっても興味深い話をお聞きしたわ。放課後、子どもたちに絵を教えているんですって」

「教えてなんかいません!」パーディタは声も幼く、か細い震え声だ。「包装紙とジャム瓶入りのポスターカラーを渡して、好きなように描かせるんです。素晴らしい時間ですわ。みんなにとっては一日でその時だけが楽しいんです。学校は大嫌いだし、自分の家も嫌いな子たちですから。大人になったらどうなるんだろうって時々思いますの」

ヨークは短く笑った。「私のようになるのさ。私もスラム育ちだよ。ヨークはもともとスラヴ系の名前の略称でね。入国管理官も、一八九〇年代じゃ正確に綴れなかったんだ。ゼアオンという名前も、母がちょうどゼアオン・ウェアという人についての本を読んでいたから付けたのさ」

ロザマンドはローレンスと話していた。「ウィリング博士から、昨夜ダガンに起きた事件のことをお聞きになった?」

「ダガンとは?」ローレンスは戸惑いを見せた。「誰のことですかな?」

「昨夜、マックス・ツィンマー家でウィリング博士として紹介された小男のことよ」

「ウィリング博士がもう一人?」ローレンスはベイジルを不思議そうに見た。「ツィンマー家でウィリングという名の人に会った覚えはありませんな。その男が入ってきたときには、誰か別の人と話してたんでしょうね」

「私は憶えてるわ」とパーディタは言った。「さっきあなたの名前をお聞きしたときは、彼のご親戚なのかと思いましたの」

「その男はウィリングを称していた私立探偵だったんですよ」とベイジルは説明した。

「知ってる?」とロザマンドは補足した。「その気の毒な方は、とても元気だったのに、マックス・ツィンマーの家を出た少しあとに倒れて亡くなったのよ」

「ほう?」ローレンスは、いつもながらの無頓着さでその奇妙な話を受け止めた。

いきなり立ち上がったのはパーディタのほうだった。完全に血の気が引いた白い肌でなければそうはならぬほど、顔面が蒼白になった。「とても元気だったのに——亡くなったですって？」

「新聞によると、アヘン剤で毒殺されたそうよ」とロザマンドは言った。「たぶんコデインだろうって」

「コデインなら私も飲んでるよ」とローレンスは言った。「誰だって飲んでるんじゃないかい」

ベイジルはパーディタが白目をむいたのを見て、膝がくずおれて倒れそうになるのを支えた。ギゼラは自分の膝に彼女の頭を載せ、額をなでた。スティーヴンはそばにひざまずき、冷たくなった手をさすりながら娘の名を優しく呼びかけた。

ヨークはベイジルのほうを見ると小さな声でつぶやいた。「ブランデーが要るかい？」

ベイジルは首を横に振った。「アンモニア水のほうがいい」ロザマンドが呼び鈴で女中を呼び、ソファにアンモニアを持ってこさせた。「パーディタ、これを飲めば気分がよくなるよ」

パーディタのまぶたが震えた。目が開き、涙があふれた。「ごめんなさい」

「つらいのかい？」とローレンスは声を上げた。

「いえ、大丈夫よ」微笑もうとしたが、うまくいかなかった。つらそうに身を起こした。

「わけもなくめまいがしただけ」

目は開いていたが、まぶたはどうしようもなくぶるぶる震え続けていた。ベイジルはこんなショック効果を前にも見たことがあったが、ほかの人々にしてみると、異常で穏やかならざることだった。ヨークはブランデーをひっかけるためにバーに行った。ローレンスは、ベイジルをわきに引っ張った。

「ウィリング博士、あなたの精神科医としてのご高名はよく承知していますし、ロザマンドからも聞いております。ツィンマー博士のことをご存じですか？　つまり、彼の業績をご存じかということですが」

「いいえ。一度しか会ったことがありませんし」

ローレンスは眉をひそめた。「人当たりのいい男ですよ。信頼もできる。まあ、どうも女性向きの精神科医ですがね」

「男の患者もいますよ。たとえば、ブリンズリー・ショーとか」

「ブリンズリーは男らしくないですよ。ツィンマー博士は本当にパーディタの症状を改善しているんだろうかと思うこともあります。精神科医に診てもらえと娘に勧めたのは私でしてね。肉体的にはすぐれて健康ですよ。彼女が三十二とは信じられんでしょうね。ただ、情緒的になったり、過敏になりすぎるんですよ。すぐに興奮しますしね。私の健康を気遣うあまり、自分のほうの精神を病んでしまったようでして。ロザマンドがツィンマーを紹介してくれたんです。パーディタはかれこれ三か月診てもらってますが、まだよくなりません。むしろ悪くなってます。それもひどくね。どうしてか分からないんですよ」

「治りはじめはそんな場合もありますが……。ツィンマーと話したほうがいいでしょう」

「そんな気になれませんな。彼は性に合わなくてね。お会いして間がないのにとんだお願いですが、できればあなたから代わりにおっしゃっていただけませんか？」

「かまいませんが、ツィンマーのほうから私に相談してもらうよう、あなたから頼んでいただくのが最善の策でしょう」

ローレンスは顔をしかめた。「分かりました。それと、その前に、できればもう一つお願いがありまして」

「なんでしょう？」

「フランク・ロイドという青年と話をしていただきたいのです。パーディタの恋人なのですが、恋人は父親よりよく知っていることもありますのでね。午後なら『ニューヨーク・スター』のオフィスにいつもいますよ。無理なお願いですかね？」

ベイジルは、微妙な医療上のエチケットのことを考えた。それからローレンスを見ると、老いて虚弱そうな顔には激しい不安が見てとれた。「会う段取りをしていただければ、すぐにお会いしましょう。なにしろ、あなたの『罪深き歌』はずっとお気に入りのソネットの一つでしてね」

# 第八章

そのカントリー・クラブはロングアイランド湾を見晴らす高台に建っていた。木陰の芝生と刈り込まれた生け垣は、斜面を下って海沿いにあるポロの競技場とゴルフコースまで続いていた。日の長い春の夕方の暮れゆく日差しの向こうにアーチ形の光が輝き、大きな窓の丸い上部の輪郭を示している。ダンスの踊り手たちが、水族館の魚のようにガラス窓の奥で音もなくすいすいと動いていた。もう一つの窓が開いていて、そこからワルツの調べが漂うようにかすかに聞こえてきた。

「おとぎの国ね！」とギゼラが声を上げた。

シンシア・ウィリングは、端整な顔をしかめながら新しい義理の妹のほうを見た。友人たちなら、ギゼラのことをこう思うだろう。こうも無邪気な言い方で感嘆を口にするなんて、いかにも〝うぶ〟だと。

「中に入ればけっこう退屈なのよ」とシンシアは忠告した。「でも、あなたの気まぐれな旦那様が、偶然のように見せてカニング夫妻と出くわそうっていうんだから——さあ、行きましょうか」

「ベイジルは根は自然学者なのさ」とポール・ウィリングは言った。「地方の植物はもともと生えている土地で観察したいんだよ。先夜、彼らに目をとめた場所は、ツィンマー博士の家だったからね。それに、ヒューバート・カニングとイゾルダ・カニングほど典型的な植物のサンプルはあるまいよ」

「どういう属の植物なの？」

「〝スブルビス・アルコホリック（酒浸りの郊外属）〟に決まってるさ」

日が暮れると、バーの明るい照明が彼らの目を射抜いた。ポール・ウィリングはリキュールをオーダーし、ギゼラにダンスのお相手を申し込んだ。シンシアはバーでのんびりしたがり、ベイジルも彼女の隣に席を占めた。離れた席に、細い肩とつやのあるグレーの髪が垣間見えた。肩の雰囲気に見覚えがあったが、ベイジルは、その男がこちらを向いて「こんばんは」と話しかけてくるまで気づかなかった。

「シンシア、ブリンズリー・ショーは知ってるかい？」

シンシアは微笑み、首を横に振った。

「じゃあ、ご紹介しよう。こちらはウィリング夫人、ぼくの兄嫁だ」

ブリンズリーはシンシアにダンスのお相手を申し込んだ。ベイジルは二杯目のリキュールをオーダーした。飲み物が来ると、バーテンダーに尋ねた。「カニング夫妻は今晩ここに来てるのかい？」

「まだ見てませんね。たいてい九時頃には来ますよ」

「ダンス・フロアにいるんじゃないか」

バーテンダーはにやりとした。「ここにいるときは、いつもバーですよ」

十時近くになって、ようやくイゾルダとカニングがクラブハウスに入ってきた。ベイジルは彼らがホールのアーチ形の入り口に姿を現したのに気づいた。イゾルダのドレスに目を惹かれた——深紅のレースのシース・ドレスは短い丈のストラップレスで、同じく炎のように真っ赤な繻子《しゅす》の上靴をはいている。カニング夫妻はこのバーにはいなかったが、イゾルダは明らかに別のバーですでにきこしめしていた。カニングのほうはそうはっきりとは分からない。肉付きのいい顔は赤みが差していたが、目つきはしっかりしている。イゾルダはカウンター席に座り、子どもがソーダ水売り場でチョコレートを買うみたいな嬉しげな大声でベネディクティンをオーダーした。カニングは隣に座り、なにも言わなかったが、バーテンダーはダブルのブランデーを出した。明らかにお決まりのオーダーなのだ。イゾルダは輝く黒い目で室内をきょろきょろ見ると、ベイジルに目をとめた。笑みが深紅の口紅を塗った口元に広がり、大きな歯が見えた。カニングに話しかけると、彼もベイジルのほうを向いて素っ気なくうなずいた。

シンシアは目をつり上げてベイジルを見たが、彼にはなにを考えているのかが分かった。（義弟の友人たちときたら、とんでもない連中ばかりね！）

カニングも、妻の派手なドレスとガラガラ声が人目を引いているのを少し気にしているようだ。細身の男がダンス・フロアからアーチ形の入り口を入ってきた——プリンズリー・ショーだ。イゾルダの姿を認めると足を速めた。いかにも嬉しそうな笑みを浮かべている。相手が両手を差し出すと、力強く握った。それからカニングのほうを向いて肩を軽く叩くと、カニングも軽く笑みを返した。カニング夫妻のほうを白い目で見る者はもうほとんどいなかった。彼がイゾルダを歓迎したという事実は重い。だが、どうして歓迎したのだろう？　プリンズリーの父親は〝サンドパイパー・クラブ〟の創立会員の一人だ。老いた伯母の家で長年暮らしたあとでは、イゾルダは新鮮な発見だったのかも。

ギゼラとシンシアはいまは二人とも踊っていたし、ポールは自分の話し相手を見つけていた。ベイジルがバーの中を見回すと、カニングも一人ぼっちなのに気づいた。水晶球占いでもしているみたいにグラスの底をじっと覗き込み、千里眼でも得たようにうっとりと見入っていた。ベイジルは自分のグラスを持ち、イゾルダが空けた椅子に移動して座った。カニングは目も向けずに話しかけてきた。

「妻の話だと、君は数日前の晩にマックス・ツィンマーの家にいたそうだが、君の名前は憶えていないな」

「ウィリングです」カニングは顔を向けてベイジルをじっと見た。「地方検事局に所属しているウィリングかね？」

「そうです」

「ここでなにをしてるんだ？」

「息抜きですよ」

カニングが指を一本挙げると、バーテンダーにはおなじみの合図で、すぐにもう一つダブルのブランデーを持ってきた。「妻に興味があるのか？」カニングは淡々と尋ねた。

「そういう男が多いんでね」

「とても魅力的な方ですね」

「じゃあ興味はないんだな」カニングは力なく笑い、グラスを飲み干した。「男が女に興味を抱いたら、美しいとか嫌いだとか言うものだが、〝魅力的〟とは言わないよ。いやいや！　私もイゾルダを魅力的とは言わんし、たぶん君と同じくらい彼女を嫌ってるんだろうな」

しゃべりに不明瞭さはないし、目もどんよりしてはいなかったが、ベイジルにはカニングが酔っているのがはっきり分かった。

カニングは葉巻の端を切り、火をつけた。「あの晩、ツィンマーの家では君のことをさほど気に留めなかったし、君がベイジル・ウィリングとは知らなかった。誰かが殺されるとも思わなかったよ」カニングは葉巻を口にした。「地方検事局での仕事は楽しいかね？」

「ええ。でなけりゃやりませんよ。あなたは政治がお好きですか？」

「私は政治にかかわっちゃおらん」カニングの顔は声と同じくらい感情が表れなかった。「大衆に私生活を詮索されるのはごめんだ。なんで男どもが選挙に立候補したがるのか、さっぱり分からんのさ」

「権力を好むからでしょう」

「権力だって？」カニングは精いっぱいの笑みを浮かべた――口を少しだけ開けて、口辺を一方だけ意地悪そうにゆがめる笑みだ。「権力を握っているのは連中じゃない。連中を当選させている黒幕どもさ」

「あなたもその一人では？」

「なにも認めるつもりはない」感情のない目が再びベイジルのほうを向いた。「だが、そうなっていたろうな――権力がほしかったらね」

「ほしくないんですか？」

「ほしがらない者がいると？」カニングはため息をついた。

「どこまで権力を握るつもりですか？」

「どういう意味かね？」

「我々は政治的暴力の時代に生きているんですよ」とベイジルは言った。「あなたのような人が、権力のために人を殺すのではないかと思っていたんですがね」

カニングは首を横に振った。「人を殺さなくとも、ほしい権力はみな手に入るさ。私は人を殺すかもしれんが、権力のためじゃない」

「ではなんのためですか？」

「人殺しなら目的はみな一つさ——つまり、安心を得るためだよ」

「金のために人殺しをする者もいますよ」

カニングはとげとげしく笑った。「安心を得るためには金が必要な者もいるのさ。殺人者の事情は細かいところではみな違う。金や欲望、恐怖や復讐のために人を殺す。なんでもありだ。だが、つまるところは、精神的な不安を解消するためだ。みんな安心を求めているのさ」

「ひとたび人を殺せば、安心を得ることなどできますかね？」

「悔恨のことを言ってるのかい？　それとも、捕まる恐怖のことかな？」

「どちらもですよ」

カニングは再び笑った。「強い男は悔恨など抱かないし、頭のいい男は捕まらないよ」

「では、強くて頭がよく、十分な安全対策もとれるほど金のある男なら、人を殺しても捕まらないと思っておられるわけですか？」

「むろんさ！」カニングは驚いた。「金に知性が伴えば、現代の世界でできないことなどほとんどないよ、ウィリング博士。金があり、手立てをわきまえてさえいれば、中絶手術をさせたり、コカインを買ったりするのと同じように簡単に人を殺せる。闇市はどんなものにも存在するのさ。美しい話じゃないが、ものごととはそんなものだよ」カニングは再び指を一本挙げた。ウェイターがもう一つダブルのブランデーを持ってきた。「賢い男は、ものごとを変えようとはしないものだよ。確実に配当にありつくようにするだけさ」カニングはグラスをまわすと、一口すすった。「保健局の委員になりたいと思ったことはないかね？」

ベイジルははっとなった。ふと相手がダブルのブランデーを何杯もやっていることを思い出した。カニングの脳みそはすでに、ガラス容器入り医学用見本の脳と同じくらいアルコール漬けになっているはずだ。大脳皮質に居住する検閲見回り官は、持ち場で居眠りをしている。

「退屈な役所仕事ですね」とベイジルは軽く言った。「全然魅力がありませんよ。お金がほしいというわけでもないですし」

舞踏室の音楽が止んだ。ダンスをしていた人たちがバーのテーブルに戻ってきたとたん、おしゃべりと笑いがどっとなだれ込んできた。カニングは興味もなさそうに彼らのほうに目を向けた。「私は人ごみが嫌いでね。みんなで私の家に来て飲み直さんかね？」

ベイジルは、〝みんな〟に自分の連れだけでなく、ブリンズリー・ショーも入っていることが分かってちょっと驚いた。イトスギとシャクナゲが周りを囲んだ平屋根の家で、丘の頂に星空を背にして建っていた。カニングは通用口の鍵を開け、横長で天井の低い部屋に客人たちを案内した。クリスマス商品の包装のようにけばけばしい、赤と緑に彩られた部屋だ。ビリヤード・テーブル、卓球台のほかに、カードテーブルがいくつかあったが、一番目についたのは真っ赤にラッカーを塗ったバーだ。カニングは迷いもなくまっすぐそこに向かったが、まるでここ数日まったく飲む機会がなかったかのようだ。

ポールは、ビリヤードのキューを手に取った。「やらないか、シンシア？　一年はやってないだろ。ギゼラにも加わってもらってさ？」

「そう言うんならね」シンシアはその晩の疲れを隠そうともしなかった。

「ビリヤードはやったことないの」ギゼラは正直に言った。

「教えてあげるよ！」ブリンズリーがすぐさまイゾルダから離れてやってきた。注意をそらそうという秘密の愛人の計算なのか？　それとも、追っかけるのではなく追っかけられる立場になった牧神が、機敏に相手から逃げたのか？

「残ったのは私とあなただけね」イゾルダは緑の革のソファで、ブランデーのソーダ割りをちびちびと飲みながらベイジルのほうを見た。「バートはもう、お酒にしか興味がない状態になってしまってるし」

彼女はバーのカウンター席で背中を丸くしているカニングのほうに視線を向けた。カニングはグラスを上げては、そのたびに違う場所に置いた。グラスの底でできる輪をチェーンのように交錯させていき、それを子どもみたいにまじめにうっとりと眺めていた。

「ほんとにもう飲まないの？」イゾルダはベイジルに聞いた。

「けっこうです」隣に座って、はじめて彼女の顔をよく見ることができた。ほとんどエジプト風のいびつなアイシャドウとマスカラと口紅に隠れてはいるが、田舎の小娘のように純真な大きな目、短い鼻、高い頬骨をしていた。

「そのほうが賢明ね。バートと私は飲みすぎたもの。彼は気にしないけど、私は太るから困るのよ。でもやめられないの。ツィンマー博士に診てもらうようになったのも、それが一つめの理由よ」彼女は一息ついた。「バートには、私がツィンマーに診てもらってるなんて言わないでね。バートには知らせてないのよ。ツィンマーと私のことは、ただの友人だと思ってるの。こんなこと言うつもりはなかったんだけど、あなたもお酒が入ると――うっかり口にしてしまうかもと思ったから」

「ツィンマーの治療は効果がありますか？」

「それほどでもないわ。彼の話だと、アルコールが私に必要なエネルギーをすべてまかなっているから、食べた物がみんな脂肪になって体に蓄積されてしまうんですって。でも、バートと一緒にいて飲まずにいるのは難しいわ。毎晩の日課になってしまってるから」クスクスと笑った。「私たちって、『月に一度町に行って飲むんだけどよ、いやもう、やめられねえんだ！』って言ってる百姓のおやじみたいなものよ。飲むのもバートにも飽き飽きしちゃった。私のことなんかちっとも分かってくれないんだから」赤くなった顔からほつれ毛をうしろに振り払い、酒臭い息をしながらベイジルに寄りかかった。「マックス・ツィンマーだって私のことは理解してくれないわ。でも、あなたなら理解してくれるわよね。そのうち、あなたと町でお会いしたいわ。二人だけで、誰もいないときに」

食指をそそるお誘いとはいえなかった。潤《うる》んだ目のせいで、彼女のマスカラは溶けて頰を伝っていた。口紅は渇き、口にこびりついている。汚れは白い歯を赤く染め、空《から》のグラスの縁にも付いていた。

「ツィンマー博士を訪ねるようになったほかの理由はなんですか？」とベイジルは聞いた。「飲酒は一つめの理由だとおっしゃいましたね」

「そう？」ぼうっとしていた彼女は気を悪くするふうもなかった。

「二つめの理由があったんですか？」

なんとなく計算が働く様子が彼女の目に表れた。「なんて言ったのか憶えていないわ。

もう一杯ほしいわね」難儀そうに立ち上がり、あやしげな足どりでバーに歩いていった。ベイジルはビリヤードのプレイを観に行った。カニングも椅子を回して接戦を見守っていた。ポールとシンシアが確実に勝ちそうだったが、土壇場でブリンズリーがトリックショットを決め、ギゼラとのコンビがわずかなポイント差で勝利した。ブリンズリーは自分とパートナーに満足していた。「雪辱戦をやるかい？」とポールとシンシアに挑戦した。

「また今度ね」とシンシアは言った。「もう遅いし、今夜じゅうに車でニューヨークに帰らなきゃいけないのよ」

「では、安全運転に乾杯だ！」カニングは声を上げた。「ブランデーのソーダ割りかい、それともスコッチ？」

みんながバーに集まってくると、ベイジルはイゾルダがいないのに気づいた。数分すると、ベイジルは部屋を横切って、屋内のほかの場所に行く唯一のドアに向かいながら、あの千鳥足では危険な階段や難所がなければいいがと思った。イゾルダはほとんど倒れる寸前のようだった。

階段を見つけ、暗い中を降りていった。家は明らかに丘の側面に沿って建てられていて、ゲーム室は上階にあった。階段の下に来ると、電気のスイッチを探して見つけた。照明がこうこうとついた。

部屋には誰もいなかった。妙な静けさにベイジルは戸惑った。イゾルダの気配がないか耳をすまし、周囲を見回した。聞こえたのは、すぐ外で鳴くフクロウのホーホーという声だけだ。〝部屋〟というのは、この広大なスペースには不適当な言葉だ。これはモダンな建築家が言う〝居間・食堂エリア〟なるものだ。自分の世代の人間はみな、地下防空壕への避難を強いられたことに潜在意識で抵抗を感じているせいか、集団的な閉所恐怖症があると考えるような建築家がいるのだろう。外壁はすべて、〝屋外から採光する巨大な板ガラスの窓だが、屋外はカニングもイゾルダもまったく興味を示さない空間だった。屋内には、天井まで届く間仕切りは一つもなかった。居間・食堂エリアと、調理室・洗濯室、またの名をキッチンとも言うエリアを分けようといい加減に試みて、造り付けの食器棚というか、〝収納スペース〟が変な角度に突き出して置いてあるだけだ。もちろん、開閉可能なドアのような昔ながらのものは一つもない。これでは、カニングとイゾルダが互いに飽き飽きしてしまうのも無理はない。この家の住人は、ずうっとお互い顔をあわせ続けるしかないようにできているのだ。

モダンな建築家が手を離したところから、モダンな室内装飾家が仕事を引き継いでいた。絵画もなければ本棚もなく、暖炉もない。腕のないふかふかの椅子と半円形のソファが、大きなテレビセットの周りに置いてある。配色はいわゆる〝強い〟もので——緑がかった黄色と黄色がかった緑色が不協和音を発していた。部屋のちょうど真ん中に、オーキッドピンクのバーラップをかけた肘掛椅子があったが、ベイジルはすぐにこの椅子がなくてはならぬ存在であり、アクセント記号みたいなものだと気づいた。もっとも、この特殊な配色にこれ以上強調の必要があるとも思えない。そのどれもが、翳りなど微塵もないほどギラギラと静かで冷たい蛍光性の光を放っていた。

なにかがドサッと鈍い音を立てて倒れるのが聞こえ、ベイジルは廊下に通じる出入口に足を向けた。廊下に出ると、ここにやっと、昔ながらのドアがあった——そのうち三つは半開きのままだ。しかし、一つだけ光が漏れている。そのドアに行き、入り口で立ち止まった。

壁に嵌《は》め込まれたすりガラスのパネルから光が射していた。大きな桃色のベッドには、繻子のキルティングをほどこしたヘッドボードが付いている。そこに投げ落とされたみたいに、イゾルダがうつぶせのまま手足を伸ばして斜めに横たわっていた。片腕はベッドのはじからぶら下がり、指がほとんど床に触れんばかり。乱れた黒髪がその横に垂れていた。彼女は縫いぐるみのように生気を失い、非現実的な感じがした。

ベイジルは急いで彼女のほうに行こうとしたが、なにかを目にして不意に立ち止まった。

壁に作り付けられた整理だんすの一番下の引き出しが開いたままになっていた。色とりどりのパステルカラーの上品な下着類があったが、その山が脇にどかされ、靴箱があるのが見える。箱の中身は空で、蓋は床に落ちていたが、イゾルダのすぐ指先に別のものが落ちていた。ちょうど倒れたときにそれを手に持っていたかのように。

犯罪学の本で読んだことはあったが、実物を目にするのはこれが初めてだ。本の説明にあるのは、たいてい粗野なものだった。目の前の実例は、注意深く丹精に仕上げられていた。小さな人形のサイズだが、男の像で、茶色のツイードで仕立てたミニチュアのスーツをぴったり着込んでいる。白いリネンのシャツに濃い赤のネクタイを締め、靴を履いている。人間の靴にそれなりに似せてはあるが、革製ではなくフェルト製だ。縫い目はみな、腕のいいお針子の手できちんと縫われたものだ。頭にも髪がちゃんと付いている――黒い人間の髪だ。

ベイジルは、グレーがかった白い顔に触ったが、予想したとおりだった――つるつるの蠟製の顔だ。目は人形用の茶色と白のガラス製で、固定したうつろな目をしている。しかし、顔はモデルがあり、実にうまく色を塗ってあるため、誰に似せたものかははっきりしていた――ヒューバート・カニングだ。

黒いパールの頭の付いた短いハットピンが、生身の人間なら心臓の位置に相当する左胸に突き刺さっていた。深々と突き刺された結果、針先は人形の背中から突き出ていた。部屋に暖炉はなかったが、卓上ライターが置いてあった。その火を使えば、蠟製の像を日々少しずつ溶かしていくことができる。

ベイジルは一瞬、モダンな家とこの太古の迷信――象徴による殺人、モペットの儀式（モペットは未開民族が敵をかたどった人形。その人形を破壊することで敵を倒すことができると信じられた）――の対照に皮肉な興趣をおぼえた。

かくして女は生きながらにして肉体は朽つる
女は夜、しるしの与えられんことを求む
しるしは与えられ、女は祭壇を建てる
女は目に光を宿して礼拝を捧ぐ……（ラドヤード・キプリングの詩 Late Came the God より）

だが、なんとほの暗い光か！　なんと邪悪で、見捨てられた祭壇であろうか！

電灯のスイッチを入れるカチッという音が背後の廊下から聞こえた。ベイジルは急いでモペットを取り上げて靴箱に入れると、引き出しに押し込んだ。ただ、そうっと引き出しを閉めて、音を立てないように気をつけた。

ベッドに近寄り、イゾルダの脈がゆっくりと安定しているのを確かめると、カニングのふらついた足音が戸口から聞こえた。

「気を失ったのか？」

ベイジルはうなずいた。「倒れて頭を打ったのかと思いましたが、寝ているだけですね」

「酔いつぶれちまったってことか」

「朝には回復しているでしょう」

カニングは少し苦々しげにベイジルを見た。「イゾルダみたいな女が女房だったらどうするね？」

ベイジルはイゾルダと結婚した男ならやりそうなことをいろいろ想像した。どれもあまり愉快なことじゃない。

「今夜はこんなことに巻き込んじまって悪かったな」カニングは一つ一つの言葉をゆっくりとしゃべった。

「とんでもない。楽しい夜でしたよ。いろいろ考えさせられることもありましたし」

カニングはドアをつかんで体を支えていた。「よく分からんな。どういう意味だね？」

「しばらく前に、ブリンズリー・ショーが私を震え上がらせようとしましてね。今夜は奥さんが私と――親しくなろうとした。あなたのほうは私を籠絡しようとした。妙なのは、その理由が分からないことです。でも、いずれ突き止めてみせますよ」

# 第九章

## 1

「ニューヨーク・スター」紙の広い地方ニュース編集室は、オフィスというより工場のロフトという感じだった。職員はみな機械ではなくデスクに配置され、機械装置の騒音の代わりにタイプライターや電話のかまびすしい音が鳴り響いていたが、大量生産の精神は、大衆向けの完成品のほんの一部を創り出すだけのちっぽけな人間歯車のひとつひとつを支配していた。かつては、その製品とはニュースとコメントだった。今では、ニュースとコメントは、広告という貴重な荷を運ぶだけの忠実な荷馬なのだ。

多忙な編集者たちの机が両脇に並んだ、長い通路をベイジルが進んでいくと、ニュースを探り当てる本能が働いて、この見慣れない奴は誰だろうと目を上げる者が何人もいる。これもまさに工場そっくりだ。

ベイジルは誰も座っていないデスクがいくつもある区画に来た。子どものようなぼさぼさ頭の、身軽そうで感じのいい青年がぎこちなく立ち上がった。

「ウィリング博士ですか？　ぼくがフランク・ロイドです」そう言うと、回転椅子を空きデスクから引っ張ってきた。「どうぞお座りください」

ベイジルはザラ紙の原稿用紙の上に放り出された鉛筆をちらりと見た。「仕事の邪魔をしてしまいましたかね？」

「いえ。個人的なメモを書いてただけですよ。オフィスで仕事することはそんなにないんです。取材は足で、の現場記者でね。というか、車かな。〝ニューヨーク・スター無線車〟って表示のある、ぼくらの小型車を道で見かけたことはないですか？　午後は毎日そいつで繰り出してますよ。パトカーと同じで、送受信兼用の無線機付きでしてね。ところで、スティーヴン・ローレンスから聞きましたが、パーディタのことでぼくと話したいそうですね」

「あなたと話してくれと頼んできたのは、スティーヴン・ローレンス氏のほうですよ」とベイジルは答えた。「ツィンマー博士から、彼女の症状のことで相談を受けているんです」

「症状だって！」ロイドは不快そうに言葉を繰り返した。「症状なんかありませんよ。パーディタはあなたやぼくと同じくらい健康です。ただお父さんのことを心配してるだけですよ。少しずつ衰えておられるし、彼女にもそれが分かるんです。楽しいことじゃありません。不安な日々を送るのも無理ないですよ。ところが、お父さんは愚かにも彼女をツィンマーのところに診察に行かせた。あの男は彼女が母親から相続した数千ドルの金を巻き上げてしまったんですよ。今度はあなたが……」

ロイドは日除けを下ろしてない大きな窓を見ながら言葉を濁した。日差しと影がくっきりとコントラストを作り、向かいの角張った建物群がキュビスムふうの模様の影を投げかけていた。「彼女は神経症だと思われますか？」

「まだ診察はしていないのです。ただ、ショックや緊張の症状が神経症の症状と混同されやすいのは知っています。彼女はショックや緊張で苦しんでいるんでしょうか？　父親の病気以外のことでも？」

ロイドは眉をひそめた。「なにかあるような気はしますが——それがなにかはっきりとは知りません」

「彼女と婚約しておられるんですか？」

ロイドは、口をゆがめながら無理に笑顔を作った。「結婚できる状況にありませんよ。ワンルームの部屋に住んで、カフェテリアで食事してるんですから」いぶかしげに眼を細めた。「彼女のぼくへの思いに原因があるとおっしゃってるんじゃないでしょうね」

「それも一つの原因かもしれません」

「まさか。ぼくはずっと慎重だった。愛してると言ったことすらないのに」

ベイジルが青年に抱いた好感にも翳りがさした。「どうしてですか?」

「彼女に対してフェアじゃないからです。分かりませんか? パーディタのことでは、ぼくはずっと分別をもって、現実的に対応してきた。当面は結婚などできません。すぐにでも結婚できそうな男がほかに現れたとしたらどうします? ぼくが彼女の気持ちを引きつけて拘束するようなことをしたら、酷というものですよ」

「彼女のことを愛していないのなら、それもまっとうな対応でしょう。だが、愛しているのなら、それは間違いだ。それに、彼女もあなたのことを愛しているのなら、残酷な間違いというものですよ」

ロイドの色白の肌はすぐに赤くなった。「あなたとなんの関係があるんですか?」

「パーディタ・ローレンスに治療が必要なら、彼女を治すことが私の今の仕事なんですよ」

ロイドの怒りは、こみ上げたのと同じくらい不意に消えた。しかし、顔にはまだ血がのぼっていた。「彼女に告白することがそれほど重要ですか? 彼女を愛していることはお父さんもご存じのはずだし、そうでなければ、ぼくに会ってくれとは、あなたに言わなかったはずですよ。彼女だって分かってるはずだ。言わなくても分かっていることを、なぜ敢えて口にしなくてはいけないんですか?」

ベイジルはため息をついた。「言葉は慰めになるものです。パーディタは慰めを必要としているのでは」

「父親のことでですか？」

「ほかにも悩みがあるのかも。あるいは危険が」

ベイジルは札入れから記事の切り抜きを取り出した――ダガンの死を報じた簡単な記事だ。「これはご覧になりましたか？」

「ええ」ロイドはまごついた。

「ジャック・ダガンはツィンマー博士宅を出たあとに死んだのです。おそらくその家で毒を盛られたのでしょう。その客の中にパーディタと父親もいたのですよ」

「だが、スティーヴンはそんな話はしなかった！」

「警察はまだ事件をすっかり公表するつもりはありません。スティーヴン・ローレンスも、新聞記者に情報を漏らすまいと気を張ってましたしね。だが、私が敢えて打ち明けているのは、あなた自身もこの事件の利害関係者だからですよ」

「どういうことですか？」

「パーディタはダガンが死んだという話を聞いたとたん、気を失った。警察に話していないことで、なにか知っているなり、疑っていることがあるのでは？　言うまでもありませんが、毒殺犯が野放しになっているとしたら、これは危険なことですよ」

ロイドはショックを受けた。「なんてことだ！　そんなことは思いもよらなかった……。だが、パーディタが毒殺犯をかばったりするはずがないよ！　ありえない！」

その声ににじみでた優しさに、ベイジルは再びこの青年に好感を抱いた。「人は時として、自分にはどうしようもない状況にはまり込んでしまうことがあるものですよ。善良な人たちでもね。パーディタの不安が神経症かなにかだと最初に疑いはじめたのはいつ頃ですか？」

「そんな疑いを持ったなんて言ってないぞ！」

「暗にそう言ってますよ――激しく否定なさるからなおさらね」

ロイドはため息をついた。「分かりました。あなたの勝ちですよ。二か月ほど前です」

「パーディタは、父親に死期が迫っていると、いつ頃から知っていたんです？」

「一年半前です」

「だとすると、なにか別の打撃が二か月前にあったのかも。なにか思い当たる節はありませんか？」

「ないですね」

「パーディタがいつから、完全に正常な状態から変わってしまったのか、憶えておられますか？」

「むろん憶えてませんよ。そんなことは普通憶えていないものでしょう……。いや、待てよ！　なにか妙なことが起きてるなと、はじめて思ったときのことを思い出しましたよ」

「教えてください」

「ちょうど二か月ほど前、パーディタのお父さんと一緒にローレンス家に行ったときのことですよ。グリニッチ・ヴィレッジでは時おり見かける風変わりな家です。とても小さく古い家でね。中に入ると、二階から声が聞こえました。『そこでは、一つだけ妙なことに気づくはずですわ――つまり、私たちの何人かは決して未来のことは話さないのよ。ちょっと考えれば、別におかしなことではないんですけどね。私たちにしてみれば悪趣味なことだと思いません？』とね。

聞いたことのない声でした。朗々とした素敵なコントラルトで、実に抑揚豊かに話してましたよ。スティーヴン・ローレンスが玄関のドアを閉めると、話し声もやんで、我々が外套を脱いでいるときに、女性が階段の上に姿を見せたんですが、初めて見る女性でした。小さな窓からの薄明かりでも、美しい人だと分かりましたよ。髪はブロンドで、ビロードの小さな帽子をかぶっていました。バラの模様をあしらった帽子でしたが、色はローズと黄褐色の妙な中間色でしたね。マフには本物のバラがピンで留めてあって、毛皮のケープによくマッチしていました。狭い階段を小さなブロンズ色の上靴で軽やかに降りてきて、スティーヴンに丁寧にあいさつしましたよ。パーディタは、彼女のすぐうしろから降りてきて、この方はヨーク夫人だと紹介してくれました。そう、パーディタが打ちのめされて怯えているように見えたのは、そのときが初めてでしたね。ショックを受けているようでしたよ。お父さんから、彼女がツィンマーという精神科医にかかるようになったと聞いたのは、その二週間後でした」

2

白い壁に頭上のぎらぎらした照明が照り返し、日除けを半分だけ下ろした窓から射し込む日差しをかすませていた。化学者の上っ張りを着た、豚みたいな不細工な顔の男が、ブンゼンバーナーの上にガラス容器をかざしていた。男は容器の中の無色の液体に黄色い溶液を加えたが、それをフォイル警視がじっと見つめていた。二人とも、ドアが開いてベイジルが入ってきたのに気づいたはずだが、化学者は目を向けようともしなかった。フォイルに「その塩化第二鉄をくれるかい」と言っただけだ。

フォイルは小瓶を手渡した。「その黄色いスープはなんだい？」

「ダガンの胃組織からの抽出物だよ」

ベイジルはいくぶん夕食の食欲を失ったが、容器から目を離そうとはしなかった。小瓶から少量、なかに垂らした。たちまち無色の液体は濃青色に変わった。ガラス容器と照明のせいで、サファイアのようにぎらぎらと輝いて見えた。

「硝酸を」化学者がフォイルにそう言うと、フォイルは彼にもう一つの小瓶を渡した。この謎めいた混合物にもう一滴加えると、サファイアはルビーの色になった。

化学者は小さく吐息をつきながら、すべて下に置き、手袋をはずしはじめた。やっとベイジルに笑顔を向けると、豚のような顔ももう不細工には見えなかった。

「ランバート博士に新しい助手が加わったようだね」とベイジルは言った。「退職したら、毒物学の分野に進むつもりかい、警視？」

「この手のやつにはずっと興味があってね」フォイルはいびつな形のガラス容器とぴかぴかのスチール器具をうやうやしく眺めたが、実はどれも、名前もなにもさっぱり分からなかった。「今のテストでなにか分かったかい、ランバート？」

「コデインだね。まだ定量分析はしていないが、あえて推測を言えば、ダガンは少なくとも十グレインは摂取している。知りたかったのはそのことかい、ウィリング？」

ベイジルはうなずいた。「それから、警視がいたから頼むんだが、ダガンの資料を見せてほしいんだ」

フォイルは目をきらめかせた。「地方検事局が関心を持ってるとは知らなかったな」

「まあ、非公式の関心ということにしておいてくれ」とベイジルは言った。

「それとも、個人的関心かな」とランバートはほのめかした。「〝第一容疑者〟としては、誰か別の人間を捕まえないとな！　ダガンは誰の名前を使ってたんだっけ？　ウィリングさ！　ダガンがコデイン中毒で死んだとき、一緒にいたのは誰か？　ウィリングだ！コデインを入手できたのは？　むろんウィリングだよ――精神科の専門医だからな！」

「二人とも、もうジョンズ・ホプキンズ大学の学友じゃないってことを忘れてほしくないもんだな！」フォイルは口をはさんだ。「実はダガンの住居に行くところだったんだよ、ウィリング。一緒に来たまえ」

「彼の事務所かい？」

「家のほうさ。事務所は持ってなかったんだ。行けば分かるが、役に立つような記録はあまりない」

パトカーは、レキシントン・アヴェニューと三番街にはさまれた、三十四丁目にある六階建てのビルの前に停まった。奥行きのないロビーには郵便受けが十二あった。フォイルがボタンを押すと、ドアが耳障りな音を立てて開いた。係のいないエレベーターに乗って六階に上がる。殺人課のサムスンが奥の部屋の入り口で待機していた。

「今朝届いたものです」サムスンはダガン宛てのぶ厚い茶封筒を差し出した。「銀行からです。四月分の明細書でしょう」

フォイルは封筒を破って開けたが、眉をひそめた。

ベイジルは笑みを浮かべた。「言わなくても分かるよ。入金欄には四百ドルという数字はないんだろ」

「そうさ」フォイルは明細書を下に置いた。「〝J・D〟宛ての小切手は現金化されていなかった。しかも、そいつはどこかに消えちまった。どうしてだ?」

ベイジルはみすぼらしくも快適そうな居間を見回した。ラジオがあるだけで、レコードプレーヤーはない。ダガンは音楽には関心がなかったのだ。本棚には犯罪学の本が並んでいる。ダガンは文学にも興味がなかったわけだ。金色の目をした大きな黒猫がソファのうしろからのっそりと出てきて、サムスンの足に背中をこすりつけた。

「ダガンの飼い猫か?」

「そうです」サムスンは気恥ずかしそうな顔をした。「冷蔵庫にあった缶入りミルクとレバーをやったんです。連れて帰って、うちの子のペットにしてやろうかと思ってたんですよ」

ベイジルは猫を見て言った。「ダガンは一人暮らしだったんだ」

「ネブラスカ州に母親と妹がいるよ」とフォイルは言った。「ニューヨークには親しい友人はいない」

「ほかには?」

「どの錠にも合わない妙なキーがある。それでほぼすべてさ。管理人の話だと、なんの問題もない賃借人で、きれい好きで、静かだったそうだ。三月に街を離れてたこともあったようだ。というのは、数日間、部屋を空けていたからだ。管理人に猫を預けて、三月二十一日から三十一日までミルクの配達を停めてもらっていたんだ」

「探偵としては優秀だったのかい？」

「いい仕事ぶりだったよ。大きな探偵社に勤めてたこともある。十年前に独立したんだ。彼には強みが二つあった。一匹狼だったから、秘密を共有する同僚や部下はなかったし、単純そうで平凡に見えたから、誰からも探偵じゃないかと疑われることがなかった。取り柄は分別と誠実さだ。やつみたいな職業では、その二つをともに持ち合わせているとは限らない。だが、やつは、家庭の顧問弁護士がデリケート過ぎて警察には任せにくいと思った事件を、腰の引けた依頼人に、敢えてそいつに頼めと勧めたほどの探偵だったんだよ」

「キャサリン・ショーが友人から教えてもらうとしたら、いかにもふさわしい探偵だったというわけか」とベイジルはつぶやいた。「手紙類はどうだった？」

「キャサリン・ショーとも他の関係者ともつながりは見出せなかった」

「彼女からの依頼に関する記録や報告書は？」

フォイルは疲れたように息を吐いた。「報告は口頭でしていたんだろうな――忘れたのかい？　ダガンに部下はいなかったし――ミス・ショーは盲目だったんだよ」

「自分の手控え用の記録ぐらいは残してあるかもと思ったんだ」とベイジルは説明した。

「まあ、手帳にちょっとしたメモはあったがね」とフォイルは認めた。「ほとんどは日付やイニシャルだよ。たいして役に立たん。請求書を出したり、所得税申告書を提出するときの備忘録程度のメモさ」

「この事件には無関係だと思うのかい？」

「〝K・S〟という記載もいくつかあったが、それがキャサリン・ショーを指すのかどうかもはっきりしない。せいぜい日記程度のものさ。自分で確かめてみたらいい」

ルーズリーフの手帳で、小さく正確な字でびっしり書きこまれていた。ベイジルの目を引いたのは一頁だけだった。

三月二十一日　K・Sから連絡。
三月二十二日　W・SのことをK・Sに提案。K・Sは了承。
三月二十五日　三月二十六日から始めるようW・Sを手配。
三月二十九日　K・Sは不興。もっと連絡をほしがる。
三月三十一日　K・Sが四月三日に私と会う手配。都合悪いが変更には手遅れ。

これが最後の書き込みだった。四月三日は、ダガンが死んだ日だ。

ベイジルは手帳を閉じた。「〝W・S〟というのは、W・ショーということかな？　ウィリアム、ウィルバー、それとも、ウィルフレッドか？」

フォイルはかぶりを振った。「ブリンズリー・ショーが存命中のただ一人の近親なんだ。彼にはミドル・ネームとかもない」

「ダガンの探偵仲間は？」

「ダガンを雇った者が口をそろえて言うには、やつは仕事をほかの探偵社の社員に外注したりは絶対にしなかったそうだ。探偵社も徹底的に洗ってみたが、やつがそんなことをした記録はなかったよ。たぶん、W・Sは弁護士だな」

「ウィリアム・シェークスピアという名前のね」とサムスンは言った。

ベイジルは笑った。「ソネット集のW・S氏というわけかい？（シェークスピアのソネット集の冒頭には、W・H氏への献辞があるが、誰を指すのか今日なお謎）もしかすると、この事件には、スコットランドの事務弁護士（Writer to the Signet）が関わっているのかもね！　K・Sと同じく、W・Sという文字も、明らかに人名かなにかのイニシャルだよ」

ベイジルは窓のほうに行った。猫がついてきて、窓台に飛び乗り、栄養十分なペットの学究的な関心を示すかのように、黄色い目でぼんやりと下の庭を見つめた。それぞれ木製の高い柵に囲まれた、蓋なしの箱のようないくつもの裏庭が見え、どの庭にも、物干し綱に色あせた衣類が花づなのように連なっていた。ベイジルはサムスンのほうを向いた。

「ここは静かだね？」

「ええ。学校帰りの子どもたちが二、三人、声を上げたり、雀が生ゴミをつついてチュンチュン鳴くぐらいですよ。夜は、たぶん猫でしょうけど、何匹か鳴き声を上げたりしますが、この猫じゃないですね」と、狐の襟巻のようにふさふさの黒い毛並を見ながら言った。「こいつは室内で飼われてきた猫で、ネズミや野良猫と喧嘩したことなんか一度もないはずですよ」

ベイジルは公立図書館の薄汚れた粗末な装丁の本を手に取った。「キーツか……。自分では犯罪学の本しか持ってない男にしては妙な選択だな……」

3

ツィンマー博士の診療所の住所はパーク・アヴェニューになっていたが、入り口は角を曲がったところにあった。ベイジルが、備品もいかめしく、実務的で面白みのない待合室に座って待っていると、年配のナースが呼びに来て、ツィンマーの執務室に案内してくれた。

こっちのほうはくつろげる雰囲気だった——本棚、敷物、絵画もあれば、筆記用具だけでなく、ちょっとした装飾品もいろいろ載った幅広のデスクがある。格子の入った窓のある、半地下の部屋で、そこから七十九丁目を急ぎ足で行く歩行者の足が見えるし、車の往来の騒音に交じって、つぶやくようなかすかな足音も聞こえた。

ツィンマーはにっこりとした。「ハイゼンベルク変分について論じ合ういい機会ですな！」居心地よさそうな肘掛椅子とたばこを勧めた。「実は、スティーヴン・ローレンスがこんな相談をするよう勧めてきたのも、ちょっと驚きでね。私の治療の成果に満足していると思っていたんだが、素人には治療の進み具合がのろいと感じられるものなんでしょう」

「ローレンスは、娘さんがあなたの治療を受けるようになってから、改善するどころか悪くなったと思っているようですね。そう見えることはよくあると、私からは申し上げましたが」

「もちろんです」ツィンマーは、洗練された落ち着きぶりだった。「病巣を取り除くために、これを表面に表出させていますが、その徴候ですよ。パーディタ・ローレンスのカルテはこのホルダーにあります。話をする前にご覧になりますか？　時間ならたっぷりありますので」

「ありがとうございます。そうさせてください」

ツィンマーは、ベイジルが読んでいるあいだ、デスクでほかの書類を見ていた。記録は几帳面さと徹底の模範だったが、パーディタについてベイジルがすでに知っているか、予想していた以上のことはなかった。肉体的には健康だし、知能的には明敏で知識もあり、嗜好もとても洗練されている。しかし、情緒的には実年齢より未発達であり、顕著なファーザー・コンプレックスを持っている。父親の死は、その死期が早まろうと遅れようと苦痛であり、これを覚悟する苦しみが彼女をすっかり憔悴させ、人格にぱっくりと亀裂を生じさせ、二度と修復できないほどに傷つけてしまっている。症状は、過度の不安、不眠症、食欲の喪失であり、そこから軽度の貧血症も生じている。細かい出来事については時おり記憶喪失も起こす――約束を忘れたり、相手の顔が分からなかったりという具合だ。予後も妥当だ。正しい治療――ツィンマーの治療――を行えば、必ず治癒するが、何か月もかかる。ツィンマーがくどくどと専門用語で書いていることは、要するにそういうことだ。

ベイジルがようやくツィンマーの用心深そうなブルーの目を見返すと、ツィンマーは相手を探るように見ながら「それで？」と言った。

「あなたの治療におかしな点はないと思いますね」とベイジルは言った。「私の治療法は細かい点では異なっているかもしれません。だが、潜在意識の不安は意識の次元で解消されなくてはならないし、外的なプレッシャーが存在するときは、必ずこれを除去しなくてはならないという点では、我々も意見が一致していますね」

「これは驚きですな」

「なぜですか？」

「ウィーン学派（フロイトによる精神分析学の創設に関わった人々の学派）は、外的なプレッシャーには関心を払わないし、いかに耐え難くとも、環境のほうに適応するよう、ひたすら性格を矯正しようとするものだと思っていたんですが」

ベイジルは笑った。「私はどの学派にも属していませんよ。あなたは属しておられるんですか？」

「私の指導教官は、ゲシュタルト心理学者――プラハのゲットラーです。長じるにつれて恩師の考えを修正するようになったし、ほかからもいいものがあれば援用するようになりましたがね――ウィーン学派からもです」ツィンマーはしばらくたばこの先をじっと見つめると、不意に探りを入れるようにベイジルのほうを見た。しかし、話し出した声は相変わらず穏やかだった。「あなたでしたら、私の治療法のどこを変えますかな？」

ベイジルはもう一度ホルダーを手に取ってページを繰り、最後のページまで来ると言った。「患者とその家族のために開いている夕食会というのは、目新しい考えですね」

「お気に召しませんかな？」

「実際の効果がよく分かりません」

「だが、これはきわめて効果がある――実際にね！」ツィンマーは熱を込めて言った。

「通院してもらい時間をかけて診察するよりも、夕食会を介してのほうが患者のことをよく知ることができるんです。正統フロイト学派は、患者をソファでリラックスさせ、好き放題に自由な連想をさせて、催眠状態に近い状態に誘導した。彼らは患者の精神の受動的な夢の側面をとらえただけだ。人を酔っぱらわせて性格を研究するようなものです」

ベイジルはカニング夫妻のことを思い出して苦笑した。「そんなやり方でも、驚くべき洞察を得ることもありますよ」

「驚くものではあっても、信頼できるものですかな」とツィンマーはなおも言った。「無意識の分析は、患者が最も活動的で、意識のはっきりした状態のときの検査もすることで釣り合いを取るべきですよ――日常生活で出会う人々、家族、友人、仕事の同僚などに相対しているときの状態でね……。パーディタ・ローレンスの診察はいつなさりたいですか？」

「今週中に、私の診療所で診たいですね。たぶん時間の無駄でしょうが。私の医学的所見があなたと異なるとは思いませんよ」

ツィンマーは、戸惑ったように眉をひそめた。「あなたの所見というのは――医学的なものだけですかな？」

「神経症だけでなく、殺人も絡んでいる、この種の症例にどんな所見が考えられますかね？」

不意に沈黙が訪れ、室内の動きが止まったために、通りの足音がはっきり聞こえるようになった。

ベイジルは座っている椅子のきしみが聞こえるように、わざと姿勢をずらした。「私が迷いを感じるのは、あなたの治療よりも診断のほうなんですよ。パーディタの不安は、緊張に対する反応としてはまったく正常なものとも考えられます。こうした症状は、特定の緊張に対して、通常よりも過激な反応を示す場合にのみ神経症といえます――刺激が外部の世界よりもその人間の性格そのものに起因する場合です。

正常な不安と神経症の不安を識別する簡易なテストは私も知りません。パーディタは、普通なら耐えられるはずの悲しみでもまいってしまうような、か細い神経症患者なのかもしれません。あるいは、耐え難い状況に置かれた正常な女性なのであって、彼女の病歴の記録にもその特殊な状況が記載されていないだけなのかもしれません。たとえば、ダガンの死を知らされると、彼女はとたんに気を失いました。彼女自身とはさほどかかわりもないことなのに、これに神経症的な反応を示したのか？　それとも、自分が深くかかわっていることに対して正常な反応を示したのか？　なんとも言えませんね」

「またもや私を驚かせましたな、ウィリング博士。だが――おっしゃる意味は分かりますよ。ダガンの毒殺はすべてを変えてしまった」ツィンマーがゆっくりと身を乗り出し、分析でもするようにベイジルを見ると、ベイジルはこう自問した。（自分もこんなふうに患者を診ているのか？　患者も、自分がいま感じているように、相手の目にさらされていると感じるものなのだろうか？）

ツィンマーはまたもや不意に笑みを浮かべた——邪気のない素直な笑みだ。「要するに、こういうことですな。パーディタ・ローレンスは神経症患者であり、何の罪もないのか？　それとも、正常であり、罪を犯したのか？」

「お邪魔かしら？」

ドアが突然開き、タフタの擦れる乾いた音がした。「ごめんなさい！　待たせていたくわ」

「そんなことはありません」ベイジルはこの口実をありがたいと思った。「ちょうど帰るところだったんですよ」

ツィンマーはすでに立ち上がっていた。「グレタ、ウィリング博士のことを話したのは憶えてるかね？　こいつは妹で、マン夫人といいます」

「はじめまして」彼女の声はか細く、きんきんしていた。顔は小さくしわだらけ、表情豊かで、きらきらしたうつろな目をし、知的というより怜悧という感じだ。結婚、出産、社交上の付き合い、ドレス、使用人、家事といった女の領分では成功しても、それ以外の領域に入り込むと五里霧中になってしまうタイプの女性だ。やや伸ばしすぎたグレーの巻き毛の頭に軽薄な感じの黒い麦藁帽をかぶっている。ドレスもなにやら凝った思わせぶりなもの——ベルトに小さなスミレの花を付けた、黒くふっくらしたドレス、それトだ。

に、座ったり歩いたりすると若々しいふくらはぎが見える、薄紫色のレースのペチコー

グレタ・マンは、おしゃべりこそが女の魅力の発揮しどころと思うタイプの女性だった。「一日じゅうショッピングしてましたの。すごい混雑でしたわ！　でも、ニューヨークのお店って素敵ですね、ウィリング博士。戦後にマックスがこの土地に住むと決めて、私に家事を仕切ってほしいと頼んできたとき、どれほど嬉しかったことか。マックスとは十五年は会ってなかったけど、ほとんど変わってなかったから、時の隔たりなんてなにも感じなかったし。今でも昔と同じいい友だちですの」

「昔以上さ！」ツィンマーは笑った。「子どもの頃は、おまえの髪を引っ張ったりしたもんだが。今はおまえに感謝してるよ」

「以前はどちらにおられたんですか、マン夫人？」とベイジルは聞いた。

「ボストンですわ。夫が亡くなるまでです。夫はボストン出身でしたので。でも、あの土地ではまったく落ち着きませんでした。ここははるかに楽しいですわ！　マックスも私も、少しぐらいは楽しさを味わってもいいはずよ。あんなひどい時代を経験してきたんだもの。私は夫を亡くしたし、マックスは戦争捕虜だったのよ」

「グレタ、ウィリング博士はそんなことに興味は……」

「いいえ、興味深いことですよ。ナチスの捕虜だったんですか？」

「いや」ツィンマーの声は穏やかだったが、努めて落ち着きを保とうとしているのが感じられた。「イギリスの捕虜だったんだ」

「でも、兄はナチ党員ではありませんでしたわ」とグレタは言った。

「そう、ナチ党員じゃない」ツィンマーはベイジルに苦笑いした。「イギリスで二十年開業してたんです。ドイツ人というよりイギリス人といってもいいほどだが、ドイツ国籍のままだったから、戦争が始まると、敵国人は有無を言わさず拘留されてしまったんですよ。調査の結果、問題がないという結論が出て、十八か月後に釈放されました。連中も医師を必要としたんでしょうな。アメリカ軍がドイツを占領したとき、彼らに民間人として雇用されたんです。ヒューバート・カニングが当時現地にいて、ドイツの建築業の再建に携わっていたんだが、私がこの国に来られるように取り計らってくれましてね。ドイツから出て行けて、本当に嬉しかった」なにか思い出したらしく、ツィンマーの顔に深いしわが刻まれた。「ブーヘンヴァルト（ドイツ中部）やほかの強制収容所もこの目で見た。その一つでオットーに出会ったんです。それ以来、私に仕えているんですよ」

「ドイツがどんな国だったかも忘れちゃったわ！」グレタはぺちゃくちゃと言った。「十八のときにアメリカ人と結婚して、この国に来て、今じゃ――五十過ぎですもの！」

「おまえが子どもの頃のドイツとは違うよ」ツィンマーはベイジルのほうを向いた。「こんなことをグレタにさんざんしゃべらせて、あなたをうんざりさせているわけも、きっとお分かりでしょうな?」

「他人から耳に入るより、みずからお話しになりたいからでは?」

「そのとおり。他人は話をゆがめがちですからね。『あのツィンマー博士か! イギリス人のような話し方をするが、ドイツ人なのさ。二年前にアメリカに来たばかりでね。ほかのドイツ人と同様、戦時中はナチ党員だったのさ』とね」

「私が政府の記録を参照できることをお忘れですね」とベイジルは言った。

「そう? 地方検事局を通してですかな?」

「それと海軍情報部を通してね。私は予備役将校なんですよ」

「ほう? それは知らなかった。いずれ詳しくお聞きしたいですな……」

日の照る外に出ると、ベイジルは、タクシーを呼び止めながら、グレタ・マンとのちょっとしたやりとりは、自分のために仕組まれたのではと考えていた。確かにおあつらえ向きではあったが……。なぜだろうか? いくらやましいことがなかろうと、直接話すほうが、政府の記録よりも、ずっと率直に角《かど》を立てずに伝えられるというだけのことで、そんなことをしたのか?

4

シャーロット・ディーンは実に堂々とティー・テーブルを飾りつけていた。へりにひだ飾りがついた一脚テーブルで、レースの縁取りのあるリネンのクロースがかけられ、これにはデルフトブルーの明るい刺繍が施されていた。女中が大きな銀のトレイを持って入ってきたが、アルコールランプの炎が上がるランプ受けに危なっかしく乗っているのも銀のやかんだ。ティーセットは、真紅と濃青色、白と金色のウースター磁器。クリームの代わりにミルクが置かれ、食べ物は黒パンだけで、薄く、耳を落として三角形に切り、柔らかなバターが薄く塗ってあった。だが、それだけのために、きわめて高価なウースターの皿に、美しい刺繍のリネンのナプキンを使っている。

「これほどのお気遣いをいただくことはありませんでしたのに」とベイジルは控えめに言った。

「気遣いじゃありませんわ」とシャーロットは応じた。「この家では、毎日お茶をいただきますし、ミス・ショーが亡くなってからは寂しいかぎりでしたから。ショーさんは近頃、家にはほとんどおられませんの」

「今日はあなたをお伺いしたんですよ」

「どうもご親切に！　近頃はお越しになる方もほとんどいなくて。お砂糖は一つですか、二つですか？」

「砂糖はけっこうです」

シャーロットの形式ばった礼儀正しさは、図々しいぶしつけさよりもとっつきにくい。ベイジルは絹のように滑らかで粘りつく蜘蛛の糸の迷路に迷い込んでしまったような気分になった。「ご説明しておいたほうがよろしいでしょうが、これは社交的な訪問ではありません」

「そうですの?」シャーロットの声は落ち着いていたが、まっすぐ見つめる澄んだ目には不安の色があった。

「腹蔵なく申し上げましょう」とベイジルは言った。「あなたはミス・ショーに心から仕えていらっしゃったようですね」

「そのとおりです!」

「彼女はダガンを探偵として雇ったわけですが、二人が殺された理由はそこにあると思うのです」

「まあ……」シャーロットは、か細い手でテーブルのへりをつかんだ。

「これは推測であって、証拠はありません。その証拠を見つけるのを手伝っていただきたいのです。殺人犯を突き止めるのを助けてほしいんですよ。いかがでしょう?」

「もちろんですわ。なんでもおっしゃってください。でも……」

「でも、なんですか?」

「あの方はこの家で亡くなりました。そのとき、ここにはブリンズリー・ショーと使用人と――私しかおりませんでした」

「彼女はツィンマーの家にいるあいだに、何者かに毒を盛られたと思うんです――ダガンが毒を盛られたのと同じですよ」

「それじゃ、どうして亡くなるまでにあんなに時間がかかったんでしょう？」

「おそらく、彼女とダガンの体質の違いによるものでしょう。彼女はコデインに対する耐性ができていたのかも。定期的に飲んでいましたからね。あるいは、彼女がその晩、あとでコデインを飲むことを知っていた者が、彼女が帰宅したあとに死ぬように、最初の量を調節したのかもしれません」

シャーロットは真っ青になった。「ということは――私がなにも考えずに差し上げた薬が……」

「あくまで仮説ですよ。おそらく、ダガンは毒殺犯が意図したよりも大量に摂取したのでしょう。毒殺犯は、ダガンが夕食会の始まる前にツィンマー博士の家を出て行くとは知るすべもなかったし、そいつ自身――男か女かは分かりませんが――が現場にいるのに、夕食会の席でどちらかが死ぬように仕向けたとも考えられません。ダガンがミス・ショーと同じように寝ているあいだに死んでいたとしたら、二人の死を殺人と疑う者がいたでしょうか？　おそらくいなかったでしょう。それこそが毒殺犯のもくろんだことだったのだと思いますね」

「なんて恐ろしい！」シャーロットのお茶は、カップの中で冷たくなりつつあった。彼女はうつろに宙を見つめていた。「お役に立てるのでしたら、なんでもおっしゃってください、ウィリング博士。どんなことでも」

彼らは庭が見える小さな書斎に座っていた。紫檀製の書き物机の本棚にはもう、本は一冊も並んでいなかった。机の垂れ板は閉じていて、キーは鍵穴に差したままだ。

「家具はみんな競売に出されるんですか？」とベイジルは聞いた。

「どうしてご存じなんです？」

「ブリンズリー・ショーならきっと、街中にある古めかしい大きな家など、維持していくつもりはないだろうなと思いましたので」

「おっしゃるとおりです。コストもかかるし、不便だと思ってるようですね。私もそう思いますけど、あの方の所持品はいくつか手元に残すでしょう。素敵なものもありますし。私が希望するものはくださるようです――どこかに小さなアパートを借りるつもりですの。ほかはみんな売りに出せるように、整理して目録を作成してくれと頼まれてます」

「あなたがそんな仕事をさせられるはめになると思ってましたよ。ブリンズリー・ショーは、代わりにやってくれる者がいるのなら、自分で汗をかくような男ではないでしょう。だからこそ、あなたにお聞きしようと思ったんです。個人所有物の入ったデスクや引き出し、箱などを調べていて、ミス・ショーとダガンとの関係を明らかにするような手がかりはありませんでしたか？　彼を雇った理由とか？　あるいは、なにを依頼したのか、とか？　よく考えてから答えてください」

シャーロットは、しばらく目を閉じた。それから目を開くと、途方に暮れたような表情を浮かべた。「なにもありませんでした。ほんとうになにも」

「ミス・ショーは足が不自由なだけでなく、目も見えませんでした。余人はもちろん、手紙を書くことも読むこともできなかった。自分で電話をかけることもです。手紙を書くことも、日々の付き添いだったあなたにも知られることなしに、ダガンとそもそもどうやって連絡をとることができたんでしょう？」

「それは私も考えました。考えられることは一つだけです。ご友人の誰かがたまたまダガンのことを推薦して、電話番号を教えたんです。あの方も記憶にとどめることはできましたし。目の見えない人は記憶力がいいものです。そうならざるを得ないんですけど。だとすると、私がいつもの午後の散歩に出かけて、あの方が女中とだけ家にいたときに、女中に電話をかけさせ、自分が電話で話しているあいだ席を外させたのかも。一週間も経てば、メアリも頼まれてかけた電話の番号など憶えていないでしょう。誰にだって無理ですわ」

ベイジルはうなずいた。「そのあとダガンが、あなたが日課の散歩に出かけた別の日に来訪したのかもしれませんね。彼がミス・ショーに実際に会っていたのははっきりしています。というのも、彼は死ぬ直前、彼女――依頼人――が自分に話していたときの様子を語ってくれたものですから」

「ダガンのような赤の他人じゃなくて、私に打ち明けてくださればよかったのに」とシャーロットは言った。「あの方が、ご不自由な足と目のせいで、心悩ませ、途方に暮れて、身近にいた者を信頼しようとなさらなかったなんて、考えたくもないですわ。とても寂しいことです」

「自分のしていることが危険なことだと知っていたから、あなたを巻き込みたくないと思ったのかもしれませんよ」

「まあ、ご親切だこと、ウィリング博士！　そんなこと思ってもみなかったし、そう言ってくださると嬉しいですわ。気持ちが楽になりました。それと、ダガンとのやりとりをみんな自分でやることに楽しみを見出していたのかも。恐ろしさがまさって楽しむどころでなかったというなら別ですが。目が見えなくなる前は、いつもご自分でなんでもてきぱきとなさって、請求書も一年間はとっておいてましたし、小切手はみな五日以内に入金して、ご自分の口座をきちんと管理しておられました。視力を失われたとき、すべてあきらめなくてはならなかったのは無念だったでしょう」

ベイジルは、もろそうなティーカップを慎重に下に置くと、いかにもさりげなく言った。「それはそうと、〝W・S〟という文字に心当たりはありませんか?」

「〝W・S〟ですか」彼女はゆっくりと繰り返した。「いえ。それってイニシャルですか?」

「かもしれません」

「そんなイニシャルの方はにわかには思いつきません。ミス・ショーのお知り合いにもおられるでしょう」

ベイジルはため息をついた。「そのイニシャルの人、あるいはなんでもけっこうですが、あとで思い出されることがあったら、お知らせください。ところで、ミス・ショーのお部屋にご案内いただいてもいいですか?」

「もちろんですわ」

シャーロットは先に立って廊下に出た。二人は並んで、踊り場の上の窓から日差しが射し込む幅広の階段を上がっていった。

通りが見える横長の部屋には、もはやミス・ショーを偲《しの》ばせるものはほとんど残っていなかった。そこに住んでいた者など誰もいないかのようだ。おそらくは伝来の家財であるマホガニー材のダブルベッドも、ダストカバーがかぶせられていた。ガラス扉付きの本棚も空っぽだ。「ミス・ショーは愛読書をそこに置いておられました」とシャーロットは言った。「扉はいつも施錠してありましたし、鍵は肌身離さず持っておられました。それほど本を大切にしておられたんです」

光沢のあるクリスタルの花瓶も水はなく、花も活けてなかった。はっきりした証拠はなにもなさそうだ。だが……。

シャーロットは、クローゼットの戸を開いたが、洋服掛けにもなにもなかった。「衣類は救世軍に寄付しましたの。毛皮とレースとブローチ一つは私に遺していただきましたけど。あとの宝石類はブリンズリー・ショーが受け取られましたが、もちろん、結婚なさることがあれば、奥様に身に着けていただくつもりなのでしょう」

ベイジルはイゾルダ・カニングのことを思い浮かべ、かすかに苦笑した。ブリンズリーが結婚したとしても、彼の妻では〝伯母様のあんな醜い古ぼけた代物〟をほしがりはしないだろう。だが、妻が喜びそうなキャサリン・ショーの所有物が一つだけある——ブリンズリー・ショーが相続した財産だ。

シャーロットはベッド横のテーブルの引き出しを開けた。「薬瓶もない！」彼女はため息をついた。「ウィリング博士、私の役割も完全になくなってしまいましたし、自分までが人生を少し失った気分ですわ。新しい生活は、古い生活とは、本当に生まれ変わったように違ったものになるでしょう」

「これからどうなさるんですか？」

「もう誰の付き添いになるつもりもありません」

その言葉にほっとした響きがあると思ったのは気のせいだろうか？　ミス・ショーに大事にしてもらったとしても、シャーロットは、昔かたぎの使用人の言う〝ひと様のお宅に住む〟ことを嫌っていたのだろうか？

「これからは自分の人生を歩みます」とシャーロットは言った。「ニューヨークにアパートを借りて、ヨーロッパを旅することにします。いい船に乗って、いいホテルに泊まるくらいの余裕もできましたので――ミス・ショーのおかげですわ！」

シャーロットは、誰もいない、日の射す静かな部屋をゆっくりと見回した。「あの方がこの世におられないなんて信じられません。夜、あの方の部屋の前を通りすぎると、黒檀のステッキを突く音が聞こえそうな気がしますし、なにも聞こえないと、二度とその音を聞くことはないのだと実感してしまいます。あの肘掛椅子を見ると、そこにいらっしゃるような気がしてしまいます。最後の日の午後、私が散歩から戻ってきたときと同じように、薄紫色のドレスを着て、愛読書を膝の上に広げてらっしゃるんじゃないかと。あの青と金色のキーツの本を」

戦慄が電気のようにベイジルの体を走ったが、さりげなく言った。「ミス・ショーは目が見えなかったし、本も読めなかったのでは？」

シャーロットはぞっとしたような目でベイジルを見た。「私――そんなこと思ってもみませんでした」

「どう思われたわけですか?」

「表紙に型押しされた木の葉と花を指先でなぞっておられるんだと思っていました。美しいデザインでしたから」

「今もそう思いますか?」

「そう──分かりません。その本か、本棚にあるほかの本を読んで差し上げましょうかと申し上げたのは憶えています。『けっこうよ』といつになく強くおっしゃって、ご自分で本棚に戻されました」

「読めないとしたら、本でなにをすると思いますか?」とベイジルは尋ねた。

「そうですわね」シャーロットはまごついた。「ページのあいだにしぼんだ花か、シダの葉を押し花ではさむこともありますわね」

「紙片をそこにはさんで保管しておくこともありますよ」とベイジルは付け加えた。「もし目が見えなくて、誰にも知られることなく紙片を隠しておきたいと思ったら、鍵をかけてしまってある本ほどいい隠し場所があるでしょうか? 装丁に型押しされた花のデザインがあって、指先で必ず識別できる本であればなおのことでしょう。ミス・ディーン、その本はどこにありますか?」

「競売にかけるために、ほかの本と一緒に箱に詰めてあります」

箱は地下室に置いてあった。ベイジルのために懐中電灯を持つシャーロットの手は震えていた。蓋はまだ釘づけされていなかった。キーツの本は三つめの箱にあった――藤紫色の子牛革に凝った金箔を施した本だ。

背表紙の両端を指先で持って本を揺すり、ページをはためかせた。一枚の紙片が滑り落ち、ひらひらと床に舞い落ちた。ベイジルは紙片に懐中電灯の光を当てた。

薄汚れた紙片で、誰かがへたくそな字で急いで走り書きをしていた。

三月二十六日より四月二十六日までの4C 104 WSにつき、ジャック・ダガンより三十ドル受領。J・ブッシュ

「このことは誰にも言わないでください」ベイジルは紙片をシャーロットに手渡した。

「これの意味は分かりますか?」

「分かりません。これはミス・ショーのものだと思われますか?」

「ミス・ショー以外に、ミス・ショーの本になにかを隠す者がいるでしょうか? ほかの人間が隠したのなら、愛読書の中からこの本を読んでくれと、ミス・ショーがいつあなたに頼むか分からないですしね。しかし、ミス・ショーが自分でなにかを隠したいと思ったら、彼女が――目が見えなくとも――うまく扱える都合のいい隠し場所はこの本しかないでしょう。鍵も自分で持っていたわけですから。誰の手も借りずに扉の鍵を開

けることができたし、表紙に捺された花のデザインを目の見えない者の敏感な指先で感じ取ることで、その本を見つけることもできたわけです。その秘密をあなたに隠しておきたかったら、その本は音読してもらわなくていいと拒むだけですむ。実際そうやって拒んだわけですね。亡くなる日の午後に」

「でも、この文字と数字にはどんな意味があるんでしょう?」シャーロットはつぶやいた。「ミス・ショーが私を信じてくれさえしたら!」

ベイジルはシャーロットをじっと見つめた。「ミス・ショーがその意味を理解していたとはっきり言えますか? その紙片を読むこともできなかったのに。彼女は目が見えなかったんですよ」

# 第十章

## 1

ロザマンド・ヨークの寝室の窓は西向きだったため、日差しは昼にならないと射し込まなかった。彼女は、深い眠りから快適な夢を経て意識の表面へと浮かび上がるように、のんびり贅沢な目覚めを味わった。しばらくは目も開けずにぐずぐずし、最後の休息の時を楽しんだ。それからあくびをし、伸びをすると、猫のような優雅さと気ままさで寝返りを打った。ようやく目を開けた。日差しは、閉じたまぶたを通して見える光のように、クリーム色の日除けをフィルターにして射し込んでいた。

枕の下にある電気式の呼び鈴を探り、ボタンを押すと、再び目を閉じた。

「ボンジュール、マダム！」アニエスが、いつものようにすぐさまきびきびと入ってきた。「マア、素敵ナ朝デゴザイマスネ！」身ぶりも声と同じく歯切れがよかった。日除けをカタカタと上げると、日差しが床にまだら模様を描いた。バタンバタンと大きな音を立てて窓を閉める。おとなしくて要領のいいイギリス人の使用人ではこうはいかないが、フランス人とイタリア人の混血で、狡猾で意志強固にして冷酷なサラセン人の血も少し入っている女だ。ロザマンドはずっとアニエスに感心してきたが、それも自分と似たところがあるからだ。ただ、金髪に白い肌というロザマンドの美しい容貌には、惑わされるようなあどけなさがあるが、猿顔に黒い眉、口髭めいた黒いうぶ毛まであるアニエスのほうは誰も惑わされそうにない。彼女は見たとおりの人間だった。

「服ハ黄色ニナサイマスカ？」

「ろーずノガイイワ。ホラ、アノ服ヨ！」

「アレデスネ！　デハオ茶ヲ」

アニエスはドアのところに行き、もう一人の女中から小さなトレイを受け取った。小さなセーヴル焼のカップに入った薄い中国茶、レモン一切れ、メルバトーストのウエハース。

「新聞ト郵便物デゴザイマス！」アニエスの言葉はいつも叫び声のようだ。

ロザマンドは、お茶をすすり、手紙の山をぼんやりと眺めた。（うんざりだわ）と思った。（秘書を置けばよかった）不意に英語で話した。「お風呂にお湯を張ってちょうだい。朝食は三十分後にいただくわ」

「ウィ、マダム」アニエスも英語を話せたが、ほとんどフランス語で通したほうがロザマンドに喜ばれることを知っていた。アニエスの足音が足早に遠ざかり、ドアが閉まった。

ロザマンドは、請求書、宣伝、チャリティの要請を脇にどけた。こういうものはすべてゼアオン・ヨークにお任せだ。浮き出し印刷の招待状が一通あり、ざっと目を通した。同級生から来た、読みにくいが打ち解けた感じの手紙、室内ゲームに魅力を添える青年たちからの三通の短信はじっくりと読んだ。最後の手紙はグレタ・マンからだった。

拝啓　ロザマンドへ

マックスも私も、患者さんやそのご家族との定例夕食会を再開したいと望んでいます。ダガンという男のために夕食会を金輪際やめてしまうのも、お互い相手を信じていない証というものだろうとマックスは考えています。しょせん彼は私たちの誰も知らない赤の他人でしたし、あの晩、なにかわけの分からない勘違いで家に迷い込んできたに違いありません。私立探偵なら、どんな卑劣な犯罪の陰謀に巻き込まれても不思議ではありませんから。ダガンは私たちの家に来る前に、どこか別の場所で毒を盛られたとマックスは考えていますし、あなたもゼアオンも同じご意見でしょう。お二人とも、ほかの招待客の皆さんをよくご存じですからね。よそ者に起きた不快な出来事のために夕食をともにするのをやめたりしたら、お二人や皆さんに心理的に与える影響も深刻というものでしょう。それは現実からの逃避というものです。そこで……あなたとゼアオンにもご賛同いただき、翌金曜、四月十五日七時頃に夕食会でお目にかかりたいと願っております……

ロザマンドはベッド横の電話に手を伸ばし、番号をダイヤルした。

「ツィンマー博士はおられますか。こちらはヨーク夫人です」相手が出るまでのあいだに、たばこに火をつけた。「マックス！　今朝、グレタから招待状をいただいたわ。まさかほんとに……？」

「それが賢明な対応というものだろう」響き渡るようなバリトンのなんという男らしさ！「ゼアオンも来てくれるかね？」

「たぶん。ただ……キャサリン・ショーが亡くなったことでは、妙なゴシップも耳にはさむわ」

「ゴシップだって？」

「なんて名前だっけ――ダガンね――コデインで毒殺された人よ。私立探偵で、どうやらキャサリン・ショーに雇われていたみたいよ。医者は毎晩眠れるように彼女にコデインを処方してたのよ。彼女もダガンも同じ晩に死んだ――あなたの家で会ったあとにね。ほんとに偶然かしらって、人は噂してるわけよ」

「人の口に戸は立てられんさ。知ってのとおり、キャサリン・ショーは慢性の病人だったし、しばらく前から棺桶に片足突っ込んでたんだよ。ダガンのほうは、自分の家を出る前に、ソーダ・ミントと間違えてコデインの丸薬を飲んだのかも。ゼアオンには、ローレンス親子とカニング夫妻もお招きする予定だと言ってくれるかい。ブリンズリー・ショーとミス・ディーンもだよ」

「そうなの？」ロザマンドは、十五分前にのんびりお茶を飲んでいた女性とは思えなかった。急激に血がのぼって透き通った肌がさっと赤くなり、目はきょろきょろと泳ぎ、青くきらめいた。「マックス、あなたってたいした人ね！」

「そう言っただろ！」口調は親しげだったが、ずうずうしくもあった。

「本音は世間の評判を気にしてるってことね。ここで夕食会をやめたら、診療業務に差し障るからでしょ？」

「みんなに差し障るのさ」ツィンマーの声にはそれまでにない強さがあった。「君が頼りなんだ、ロザマンド。それとゼアオンもね。それじゃ」

「さよなら」彼女は受話器を置くと、枕をして寝そべり、あらぬ方向を見ながら微笑んだ。アニエスが部屋にパタパタと入ってきて、はっとなって立ち止まった。

「奥様、まだお風呂に入っておられませんね。朝食は十分後にここにお持ちしますよ！」

「後回しにしてちょうだい。主人《ムッシュー》はどこ？」

「食堂で、朝食ももう終わるところです」

「食べ終わったら、こっちへ来ていただいて、一緒にコーヒーをと言ってちょうだい」

ロザマンドはベッドから跳ね起き、バスルームに突進した。

ゼアオン・ヨークが寝室に入ってくると、水がはねる音が聞こえた。背の低い肘掛椅子に座り、たばこを吸いながら待った。自分の人生は、ロザマンドを待つためにどれほど費やされてきたことか！　彼女自身の寝室にいてさえ……。結婚したら、部屋も一緒で、朝食も毎朝一緒と、単純に期待していた。自分の両親はダブルベッドを一緒に使っていたものだ。だが、それはフィンレイ家のやり方ではないという。彼女を幸せにしてやりたいと思えばこそ、その希望も尊重した。ところが、彼女は幸せじゃない。今はそれがはっきり分かる。

彼はゆっくりと部屋を見回し、薄い色合いや、なめらかなシルクのような見栄えをほれぼれと眺めた。すべてが女性的なはかなさを感じさせ、いかにもロザマンドらしい雰囲気に溢れていた。バスルームのドアが開き、彼女が入ってきた。熱い、香料入りの風呂から上がったばかりの初々しさを発しながら、薄く白いウール製の長めのガウンを着て、金のベルトとサンダルをしていた。髪は、掃除婦の真似をして遊ぶ子どものように、ぞんざいに束ねて留めてあった。長椅子に深々と座り、明るい色の上掛けを膝に掛けると、アニエスが朝食のトレイにコーヒーも二つ載せて入ってきた。ロザマンドがゼアオンに微笑みかけると、彼は立ち上がってカップを受け取った。彼女は、朝食前はよく不機嫌になるし、少なくともつれない態度になるのだが、今朝は上機嫌で生き生きとしている。彼は特にわけを尋ねたりせずに、ありのままを素直に受け入れた。

彼女はオレンジジュースを飲み終え、エッグキャセロールにとりかかると、話しかけてきた。「今朝来てる手紙はほんのわずかよ。請求書や仕事の関係はみんなテーブルの上に置いといたわ。招待状が二通――一通はメリアム夫妻がお嬢さんのために開くダンス・パーティーのお誘い。六月十五日、場所は〝ニュー・カナーン〟よ。行けそう?」

「もちろん行けるさ」妻の機嫌がいいのが嬉しく、自分も気分が高揚していた。「もう一通は?」

「グレタ・マンからよ。読んでちょうだい」

ヨークは読み進むうちに、積乱雲が太陽をさえぎって一帯が寒々となったみたいに顔を曇らせた。「マックスはどうかしてるな」

「そうかしら?」いら立ちが表れた。「グレタの言い分ももっともだと思うけど。どのみち私はマックスの患者なんだし、よく治療してくれてるじゃない。この夕食会だって、治療の一環なのよ。私にまた病気になれとでも?」

ヨークは立ち上がり、コーヒーを飲み終えないまま下に置いた。「君の健康と幸せは、ぼくにとってもなにより大事さ。マックスを責めるつもりはないよ。もちろん自分の診療のことを考えてのことだ。〝スターダスト・クラブ〟であんなことが起きたら、ぼくだって同じことを考えたろう。ただ……」

「ただ、なんなの？」

「どうも気に食わない。ダガンが死んだことは、ぼくも最初は気にしなかった。マックスの家にいたあいだに毒を盛られたとは思わなかったからね。だが、もう一人の招待客が同じ晩にコデインを飲んで死んだとなると、いろんな疑問が浮かびはじめたのさ」

「まあ、ゼアオン、ばかげてるわ！」ロザマンドは声を上げた。「ミス・ショーはその夜遅くに、就寝してから亡くなったのよ。もともと病人だったし、ここ数か月ずっとコデインを飲んでいたの。かかりつけのお医者さんも、いつ死んでもおかしくないと思ってたのよ。警察だって、彼女の死がダガンの死と関係があるなんて言ってないのに！」

「だが、警察がどう考えてるかは分からんよ」とゼアオンはつぶやいた。

「私たちになんの関係があるっていうの？　マックスがこうもすぐ夕食会を再開したのは賢明だと思うわ。ずっと続けてきたのに、ここで夕食会を中止したら、かえってあやしまれるわよ」

「なにごともなかったみたいに、ぼくらがみんな夕食会に集ったら、それこそあやしくないかい？」

「ゼアオン、なに言ってるのよ！」ロザマンドはばかにしたように唇をゆがめた。「私たちの誰かが人を殺したりできると思うの？　そもそも私たちの一人がどうしてキャサリン・ショーを殺したりするのよ？　あんなに親切で、優しい女性を？」

「ブリンズリーは彼女が優しかったなんて思ってるのかな？」とヨークは言い返した。「ミス・ディーンは彼女が親切だったと思ってるんだろうか？　うわべだけの社交的な場で彼らを知ってるからって、相手を疑わないなんて甘いよ。バート・カニングはどうなんだ？　私立探偵がたまたま彼の後ろ暗い政治的取引のことを嗅ぎつけたんだとしたら……」

「同じ部屋にほかに十二人もいるところで人に毒を盛って、自分の経歴を危険にさらすほど彼がばかだと、本気で思ってるわけ？」

「悪いがな、ロザマンド」ヨークはいつになく厳しい口ぶりで言った。「君は好きにすればいいが、ぼくは同じメンバーとツィンマー博士の夕食会にまた出ようとは思わんな――この事件が片付くまではね」

「あなたが行かなかったら、私だって行けないじゃない！　どう見てもおかしいわよ。マックスがどんなに私によくしてくれたか、どれほど熱心に普通の社交の場で私に会いたいと望んでるかってことを、よく考えてほしいわ」

「普通だと？　この状況でか？」

彼女はトレイをわきに押しやり、立ち上がった。

「ゼアオン、夏季休暇で旅行に行く前に、あと一、二度行くだけなら……それだけでも私には大きな違いだわ。ねえ、ゼアオン。お願い！」彼女は腕を夫の首に回した。ゆるやかな袖が夫の肩に垂れた。微笑んだ彼女の顔はとても愛らしかった。自分の唇を、誘いかけ、求めるように夫の口に近づけた。彼はいきなり、口を彼女の唇に激しく押しつけた。

アニエスが朝食のトレイを下げに廊下を歩いてきた。旦那様《ムッシュー》の声が閉じたドアの向こうから聞こえ、はっとして立ち止まる。「分かったよ。君にとってそれほど大事なことならね」

盗み聞きしようという自然な気持ちがおのずと頭をもたげ、アニエスはドアに一歩近づいた。一分ほど耳をすませたが、言葉はもう聞こえなかった——沈黙だけだ。何くわぬ笑みを唇に浮かべると、彼女は忍び足で立ち去った。優れた使用人とは、機転と想像力を兼ね備えているものだ。アニエスもまた経験を積んだ使用人だった。

## 2

イゾルダ・カニングの酒浸りの心は、眠りから意識という山頂に至る斜面をよろよろと登っていた。目を開け、ベネチアンブラインドのすき間から差し込む、まばゆい日差しの筋を恨めしげに見つめた。その日差しは、ハーフマスク（顔の上半分を隠すマスク）のように彼女の目に直接当たっていた。唇の両端とまぶたがねばついた感じがし、しわくちゃのシーツが汗のせいで体にべったりとくっついている。心に浮かぶイメージも、乱視の目で見た像のようにぼやけて見える。しばらく眠そうにもぞもぞしながら、もう一つのベッドから聞こえる耳ざわりないびきに耳をすませた。それから、ベッド横のテーブルにあるたばこに手を伸ばし、カニングのほうをちらりと見た。予想していたとおりの顔をしている――枕の傍らには、しわだらけで赤くなった顔。あごはだらりとゆるみ、口は無精ひげの生えたあごの上にぽっかり穴があいたように開いていた。彼女は身震いし、けだるそうにベッドから身を起こした。

別に音を立てまいと気遣いもしなかったが、カニングは目を覚まさなかった。彼女は目を閉じ、サクランボ色のスリッパに片足を突っ込んだ。右足を左足のスリッパに入れたことに気づいたが、はき替えようとはせず、左足を右足のスリッパに突っ込んだ。青いガウンのよじれた袖に腕を通そうとして引っ掛かると、男のように悪態をついた。腰にベルトをきつく締めるしぐさも男のようだった。まだ寝ぼけまなこのまま、隣のバスルームによろめくように行くと、アスピリンを四錠、手のひらに落とし、水もなしに飲み込んだ。医者は三錠と言ったが、もうずっと三錠では効き目がない。足を引きずりながら、居間・食堂エリアを通って調理室・朝食室・洗濯室エリアに足を向けた。

そんなのもほとんど日常お定まりの行動であり、トランス状態の夢遊病者みたいなうわの空でもいつもどおり動くことができた。ワインレッドに塗られた、大きな冷蔵庫をバタンと開けると、オレンジジュースの缶を冷蔵室から引っ張り出した。壁に掛かった缶切りで上蓋を開けると、水を加え、カニングと自分用に一つずつグラスに注いだ。今朝はまるでライウィスキーのような味がする。途中まで飲んで下に置くと、空のポットに水とコーヒーを入れ、ワインレッド色のコンロのバーナーの上に置いた。コーヒーができるまで、朝食室に座っていた。室内のけばけばしい配色は、広告にでも出てくる家族にならふさわしい——四十になってもすらりとして元気はつらつ、何某社の焼きたてかりかりベーコンに彼某社の生みたて卵をぱくつくパパとママ。誰某社の歯応え十分の朝食用フードをお代わりするお姉ちゃんに弟に赤ちゃん、といったやつだ。イゾルダは目を閉じ、アスピリンが効いてくるのを待った。目を閉じていても、日差しが目に痛い。あのばかな建築家は、どうして朝食室を朝日が射さない西側に造らなかったのかしら？それに、どうして屋外から採光すべしといつもいつも言い張るのか？

濃く苦いコーヒーをブラックのままで飲んだ。カフェインがアスピリンに加わり、昨夜のアルコールを打ち消す効果に拍車をかけた。イゾルダが二杯目をいれる頃には、思考もはっきりし、体も再び言うことをきくように感じた。たばこにもう一本火をつけたが、煙にもむかついたりはしなかった。ほっとため息をつきながら椅子の背にもたれると、カニングが足をふらつかせながら入ってきた。

彼女には会釈もしない。冷蔵庫から出したオレンジジュースを持つ手は震えていた。飲むと、苦虫を嚙み潰したような顔をした。それから、コーヒーを注ぎ、テーブルの反対側の椅子にドスンと座った。

「アスピリンが以前ほど効かないな」

「四錠飲んでみたら」

「もっと強力なやつを手に入れるべきかも」

「酒をやめるべきかもね」

「いつもそう言うな。そんな気なんかないだろ。おれと同じでやめられないさ」

「あなたがそそのかさなきゃ、やめられたのよ！」

「分かったよ。それで気がすむんなら、おれを責めればいいさ！」

二人はまたいつものようにいきなり唐突に喧嘩をおっぱじめようとしていたが、これも、アスピリンやフルーツジュースやコーヒーと同じ、ほとんど朝のお約束みたいなものだ。だが、本格的にはじめる前に、外の歩道に重い足音が聞こえ、シェルビー夫人が来たことを告げた。

変則的な時間にいきなり感情の爆発ときては、いくら高給をもらっても、外部の人間には家事をするのも耐え難い。飲むだけなら問題はない、それが楽しく陽気な酒ならば。残念ながら、カニングもイゾルダも、二日酔いだと不機嫌になるし、朝はいつも二日酔いときている。そんなわけで、イゾルダも、日決めの賃金で来てくれる、地元の掃除婦のシェルビー夫人で我慢せざるを得なかった。夫人はこれまでに二度、やめると言って迫ってきた。そのたびに賃金を増やしてなだめ、必死でご機嫌をとってきたのだ。

今朝は二人とも目がかすんでいたが、カニング夫妻は笑顔を取り繕《つくろ》い、「おはよう、シェルビーさん！」と声をそろえて言った。

「おはようございます」にこりともしない唇とその目は、いかにも農家出の女らしく、部屋着を着たまま、風呂にも入らず、髪の手入れもせず、昼日中にブラック・コーヒーを飲んでいる二人のことをどう思っているか、如実に物語っていた。「郵便受けから郵便物も取ってなかったんですね」夫人は新聞と手紙の束をテーブルに置いた。

「あら、ありがとう、シェルビーさん！」イゾルダは手紙の束を手に取ると、グレタ・マンからの手紙を目にした。封筒をぎこちなく開封しながら、手はまたもや震えはじめた。

「バート」

「ああ」夫は朝刊から目を上げようともしなかった。

「ツィンマー博士が十五日に金曜の夕食会を再開するそうよ。私たちにも来てほしいって」

「いいじゃないか」

「でも、あんなことがあったあとじゃ……」

「手際がいいんだな」とカニングは言った。「手紙を見せてくれ」

夫が読んでいるあいだに、イゾルダはたばこをもみ消した。「行ったほうがよさそうね」

「そうだな」

「今日中にグレタに返事を書くわ」

「ああ、待たせないほうがいい」

「早く身支度してちょうだい。でないと、シェルビー夫人がバスルームを掃除できないわ」

「身支度くらい、好きなときにさせてくれ」

カニングが朝食室を出ていくまで、シェルビー夫人はテーブルのまわりをうろうろし、片付けるチャンスをうかがっていた。彼が寝室に行くと、イゾルダが薄緑色のドレスを着て、羽毛のある小鳥みたいな帽子に合うように巻き毛の髪を整えていた。熱い風呂と念入りな化粧のおかげで、表面は取り繕ったようだ。

「昼食をとるのに、クラブで降ろしてくれない？」

「いいとも」

カニングは氷のように冷たいシャワーを浴び、ひげを剃って服を着た。こうして彼も表面は整ったが、心のうちでは相変わらず動揺していた。

「用意できた？」彼女は夫のあとに続いて外に出て、あの建築家が〝カーポート〟と呼ぶ建物に入って行った。

ギヤがきしり、ぎらぎらした長い車は私道に飛び出し、唸りながら走り抜けた。

「幹線道路に入る前には停車しなきゃだめよ」イゾルダは文句を言った。

「運転してるのは誰だ？ 君か、おれか？」

「バート、あなたはしらふのときでも酔ってるみたいに運転するわ。この車のナンバープレートの数字は小さくて憶えられやすいのよ。自分を捕まえる交通巡査はいないだろうと高をくくってるから、そんな無茶を平気でするのよ」

「事故を起こしたことなんかないさ！」

「関係ないわ。これから起こすのよ！」

彼は妻を横目に見た。「起こすのを期待してるってことかい？」

「バート！」彼女は激しく言い返した。「そんなわけないでしょ！」片方の手で夫の膝を激しくつねった。

「分かったよ」彼はかすかに笑った。「ちょっとふざけただけさ」

車は道を外れてカントリー・クラブの前に停まった。「今夜は七時半頃に帰ってくるかい？」

「そうね。家で夕食を食べるんでしょ？」

「もっとましなことでもなきゃあな」

カニングはパークウェイを時速七十マイルで静かにエンジンを唸らせながら走って行った。アスピリンはまるで効いていない。薬屋にもっと強い薬を出してもらわなきゃなるまい。たぶん処方箋をもらわなくちゃならんだろう。だが、そんな強い薬をいたずらに試したくはないな。一年ぐらいすると、心臓にでもダメージをくらいかねん。いま本当に必要なのは、とびきりドライなギブソンをダブルで二杯だ。最近じゃ、飲まんことには人間らしい感覚にならない。トライボロ橋を渡ると、イースト・リヴァー・ドライヴを走り抜けた。遅くなっちまったから、昼過ぎまでに事務所に着くのは無理だ。〝スターダスト・クラブ〟で昼食をとったほうがましだな。あそこなら酒もうまい。

〝駐車禁止〟の表示の前に堂々と車を停め、名の知れた店の入り口に続く四段のガラス煉瓦の階段を上がった。

ゼアオン・ヨークはその時間にはいなかったが、ウェイターのほとんどはカニングのことを知っていた。〝予約席〟という表示のある小さなテーブルに案内されたが、予約をした覚えはない。若くて経験の乏しそうな新顔のウェイターが昼食のメニューを手渡そうとした。ばかにしたように手を振って拒むと、いつもの健康と幸福のまじないを唱えた。「ギブソンをダブルで二杯。うんとドライなやつだ」

ウェイターが持ってくるまでのあいだに、電話ボックスに行った。

「ツィンマー博士を頼む……マックスか……バート・カニングだ。今朝、イゾルダがグレタの招待状を受け取ったよ。ああ、行くけど——なにをやってるのか分かってるのかい？　分かった。行くよ。じゃあな」

テーブルに戻ると、フロストガラスのシャンペングラスが二個並んでいた。中に入っている、氷のように冷たく、グレーがかった白い液体は、ベルモットを少し加えただけのほとんど混じり気のないジンだ。それぞれのグラスに、小さく白いオニオンが添えてある。カニングはいかにものどが渇いていたみたいに、ただの水のように飲み干した。動脈に炎が走り、脳髄が熱くなる。二杯目のグラスに手を伸ばしたときには、手もしっかりしていたし、目の焦点も完全に合っていた。ジンは素晴らしい！　たぶん、毎朝こいつをきゅっとやったほうが、あんな女々しいアスピリンだのブラック・コーヒーだのよりましだろうよ……。

# 3

パーディタ・ローレンスは四時に目を覚まし、仰向けに寝たまま、窓の外の暗闇を見つめながら、グリニッチ・ヴィレッジの小さなみすぼらしい教会の尖塔が悲しげに時を告げるのを待っていた。鳥が朝のあいさつを交わしはじめると、彼女は暗闇が薄れゆくなか、屋根裏の傾斜した壁紙に描かれた絵が幽霊のように音もなく浮かび上がってくるのを見つめていた。素敵な十八世紀の壁紙だ。女羊飼いが片手にリボンの付いた長い杖を持ち、顔を覆うようなレグホーン・ハットをかぶって、草むらに座っている絵。一人の羊飼いが、犬一匹、子羊二頭と一緒に、彼女の前にひざまずいていた。彼らの向こうには、古い水車場と種類の分からない木が一本ある。クリーム色の下地に、すべてセピア色でスケッチされ、数か所細かいところだけ、落ち着いたレッドやセージグリーンの色で描かれている。眠れぬ夜明けを何度も迎えてきたため、パーディタは細かい部分もみなそらで憶えていた。

ようやく、太陽が遅まきながら東側の窓に黄金色の輝きを射し込みはじめた。彼女はありがたい気持ちで起き上がり、服を着替えた。小さな廊下に出ると、父親の部屋のドアを音も立てずにそっと開けた。起こさないようにしないと。もし寝ているのなら——

生きているのなら……。ドアを開けたら呼吸の音が停まっていたという時が、いつかは来るに違いない。

今でも朝が来ると、決まって戸口に立ち止まり、呼吸の音が聞こえるかどうか不安になって耳をすませてしまう。

今朝は、呼吸の音は軽かったが、規則正しく、苦しそうな気配もなかった。開けたときと同じく音を立てずにドアを閉め、階段をそっと降りた。たぶん、マンハッタン自治区でも一番短くて狭く、急な階段だろう。

居間が一つに寝室が二つしかない小さな家。ウォール・ストリートに文字通り壁《ウォール》があって、ボウリング・グリーンと今も呼ばれる場所で、人々が緑の芝生でローンボウリングをしていた時代に建てられたものだ。土地と家が投機師の手にずっとかからずにすんだのは奇跡としかいいようがない。その奇跡が実際に起きていた――弁護士の言う〝あやふやな権利〟というやつだ。現在の地主は、自分の権利を〝確定〟する十八世紀に遡る証書の裏づけを得ることができなかったのだ。投機師にしても、摩天楼を建てるのに数百万ドルも投資しておいて、あとで建物の壁のうち二フィートだけが実は他人の土地に建っていたと分かる、などというリスクを冒す者はいない。知ってのとおり、裁判所は〝当該壁〟は取り壊されるべしという判断を示すものだ。マンハッタンを、ひっくり返した巨大なワッフル焼き器の列に変えてしまったのと同じ貪欲さが、三世紀ものあいだ、この小家屋建築の小さな宝石を守ってきたのだ。

居間は小さいが、暖炉はかつて調理に使われていたせいもあって大きかった。パーディタは昨夜火を消した暖炉にマッチで炎を起こし、こぢんまりした簡易キッチンに入っていった。朝食は睡眠薬で鈍った食欲を刺激するくらいのおいしさでなくては。スクランブルエッグを引き立たせるにはチャイヴの葉だし、トーストよりも熱いマフィンがいいし、コーヒーには濃いクリームだ。暖炉の前にカードテーブルを置くと、父親が階段を降りてくる足音が聞こえた。ちょうどそのとき、玄関の呼び鈴が鳴った。

「おはよう、お父さん！」階段の下で笑顔を父親に向けて通りすぎ、玄関のドアを開けると、郵便配達員が立っていた。

「見事なタイミングだな！」ローレンスは手紙を受け取った。「マフィンの匂いがするね？」

「冷たくなっちゃうわよ！」とパーディタが文句を言うのを聞きながら、父親は手紙を仕分けした。「小切手があるかな？」

不安定な本の印税に頼っているような家計では、届く封筒は、小切手と請求書のどっちが入っているかの籤《くじ》みたいなものだった。

「小切手のようだな」ローレンスは封筒を光にかざして言った。「うん、連中の使うピンク色の紙が見えるよ」封筒を開封した。「悪くない――『ヒュペルボレオス人』のスウェーデン語訳に百五十三ドルと七十六セントだ」

「七十六セントって、どういうこと？」

「いつものように、外国のエージェントと電信代の経費を差し引いた結果さ。前払金《アドバンス》は二百ドルだよ」

「そのお金を得るために、四十六ドルと二十四セントも使わなきゃいけないの？」

「だって、エージェントがなかったら、お金は全然手に入らないんだよ。おまえのほうの手紙はなんだい？」

「まだ見てないの」パーディタはもう一つの封筒を開封した。

彼女は食欲を失ったようだ。父親はそわそわと見つめていた。

「なにかな？」父親はそわそわと見つめていた。

「たいしたものじゃないわ」笑顔がかげった。「ツィンマー博士からの手紙よ。というか、妹さんからね。定例の夕食会を再開するそうよ。私たちにも来てほしいって」

「行きたいかい？」ローレンスの言い方はあいまいだった。「今回はやめたほうがいいかな？」

「分からないわ」パーディタの声には感情がこもっていなかった。

父親は娘のほうをしばらくじっと見つめていた。「判断はおまえにまかせるよ」

「ありがとう、お父さん。そうね――よく考えてみるわ」

朝食をすませたあと、彼女は父親が大学の図書館に行くのに地下鉄の駅に向かうのを見送った。命あるうちに完成するか心もとない、中世の詩の研究をそこで続けていたのだ。

彼女はそれから電話をかけた。「オットー、ミス・ローレンスよ。ツィンマー博士はご在宅?」数分待たされた。やっと女性の声が電話に出た。

「パーディタ、グレタよ。お元気?」

「ええ、ありがとう」

「スティーヴンはどう?」

「元気よ。あなたは?」

グレタと話すときは、いつもこの手のちょっとした前置きを経ないといけなかったが、ようやく要点に入ってきた。「パーディタ、手紙は受け取ったと思うけど、あなたとスティーヴンにも来てほしいのよ」

「え——分からないわ、グレタ。だって……」

「あら、でも、来てもらわなきゃ！　でないと、マックスはがっかりするわよ！」

「グレタ、ちょっとマックスと直接お話ししていいかしら」

「まあ……」ぎょっとした様子だった。「どうかしら……」

「お忙しいのは分かってるけど——大事なことなの」

パーディタの声に差し迫った響きがあるのは、グレタにも伝わった。「聞いてみるわ。ちょっと待っててちょうだい」

パーディタは、青ざめた顔に、きらきらした目をかっと見開いたまま待った。

「パーディタかい？」

「マックス！　ずっと電話しようと思ってたのよ。話したかったんだけど、つい先送りしてしまって。だって、分からなかったのよ、なんて言っていいのか――どう言っていいのか……」

「パーディタ、動揺しているね」声が優しくなった。「お会いできる、マックス？　今日だけど?」

「悪いが無理だよ。今日はずっと患者の予約があってね。夜はグレタと約束が……」

「じゃ、明日は？」人の邪魔をするのはパーディタの柄《がら》ではなかった。

「よその町に行く予定でね。シカゴで会議があるんだ。夕食会のある日まで戻ってこないんだよ」

「そう……」パーディタはため息をついた。「それじゃ電話で言わせていただくわ。マックス、あの恐ろしい事件、死んだ小男――ダガンのことよ……。どうしてあんなことが？」

「君と同様、私にも分からないんだ」ツィンマーはなだめるように言った。「警察の仕事だよ。私の手からは完全に離れたことだ。あの男が私の家にうっかり迷い込んだのは、私にもほんとに不運だったんだよ。彼は私立探偵だったんだ。なにか未知の事件を調べていたんだろうが、警察もそれがなんなのか知らないんだ」

「マックス、そんなこと信じてるの？」

「もちろんさ、君は信じてないのかい？」

「あの人、毒殺されたのよ！」パーディタの声は今にもすすり泣きに変わりそうなほど鋭くなった。「ただの偶然なんかじゃないわ——あのとき私たちと一緒にいたのも。ほかの人を狙った毒を飲んだんじゃないとしたら、それはつまり……」

「パーディタ！　そんな話は電話でするようなことじゃない」

「会って話そうと思ったのよ。でも、あなたの話じゃ……」

「悪いんだが、いま君に会うことはできないんだ。君がなにか知っていたり、疑っていることがあるのなら、警察に行くべきだ。私のところじゃなくてね」

「そんなことできないわ。そんなの分かってるんじゃないの？」

「頼むよ、パーディタ。落ち着いてくれ。私の話をよく聞いて、しっかり心にとめてくれたまえ。ダガンは我々とは絶対に何の関係もない。警察にそのことを信じてもらう最善の策は、なにごともなかったように定例の夕食会を続けていくことなんだよ。警察も、我々がお互いを信頼して何の問題もなく夕食会を開いていると知れば、ダガンの死の原因は彼自身の生活にあると考えて捜査するだろう。警察はもともとそうすべきだったんだがね」

「それじゃ、またなにか起きるなんて思ってないのね? 私たちがまた夕食会に集まっても?」

「もちろんさ。そんなことを思うのは、病的でメロドラマ的な発想だよ」

「そうね」

「それとね、パーディタ。君は心に傷を負わずに警察の尋問を切り抜けられるような精神状態にはないよ。君の今の精神状態で尋問など受けたら、健康への影響について私も責任を持てない。たぶん君も具体的な証拠はなにもないはずだし、警察は漠然とした疑いや神経症的な空想でやってくるような連中には厳しく対応すると思うね。君がそんなことをまじめに考えてるのなら、私としては、君を守るためにも、お父さんに電話してすべてをお話しするしかない」

「マックス! 父を苦しめることはしないって約束したじゃない!」

「普通なら約束を守るさ。だが、その約束を破ることが、君を破滅から救うただ一つの方法だというのなら……」

「私——警察には行かないわ、マックス。約束する」

「いい子だ! 今度の金曜の夕食会にはスティーヴンと一緒に来てくれるね?」

「ええ。お伺いするわ。それじゃ」

パーディタは受話器を受け台にそっと置くと、顔を両手で覆った。小さな家のなかでは、遠い車の往来の音と、喉を切り裂くようにこみ上げる嗚咽《おえつ》しか聞こえなかった。

4

シャーロット・ディーンはいつも七時の前後数分に目を覚ます——子どもの頃の厳格なしつけの名残だ。八時にはすっかり身支度を整えていた。彼女は、窓間鏡の前で立ち止まり、自分の身なりを確かめた。鏡から見つめ返している冷ややかな目には、虚栄心も卑下も感じられなかった。むしろ、その目は、制服のボタンが外れていないか、靴紐がほどけていないかと、部下の身なりをしっかりとチェックする上官の目だった。その最初の徹底したチェックが終われば、シャーロットは、夕食会のために着替えるまで、自分の姿を見たりはしないだろう。

鏡から離れると、閉まったドアのほうをちらりと見た——キャサリン・ショーが使っていた隣の寝室につながるドアだ。シャーロットは立ち止まった。

庭にはラッパ水仙が生えている。今となってはミス・ショーが二度と見ることのない花だ。温かい日差しがベッドの上に射している。ミス・ショーが二度と体を休めることのないベッドだ。閉まったドアのそばにこうして立ち、ミス・ショーの黒檀のステッキの音がして今にも開くのではと期待するみたいに、じっと耳をすませているというのもばかげた話だ。すぐに身をひるがえし、階段を降りて食堂に行った。

またもや軍隊のチェックのような目つきになった――リネン類、銀器、陶器、グラス、花。ミス・ショーが存命中のときと同じように、みなきちんと揃っている。シャーロットが検閲官のような目でチェックしなくても、メアリはこれだけ正確にやれるだろうか？　女中たちはブリンズリー・ショーが好きではない。きっと彼のことだから、一番上等なワインを盗み飲みしたり、許可もなく一番派手なネクタイを拝借したりするフィリピン人などを雇ってしまうだろう。

シャーロットはテーブルのはじのほうの椅子に座り、ブリンズリーはまた起きてくるのが遅いのだろうかと考えた。ミス・ショーが存命中なら決してなかったことだが、今はしょっちゅうだし、それも女中たちがブリンズリーを嫌う理由だ。

ところが今朝は、ほとんど椅子に座るやいなや、階段を降りてくる軽やかな足音が聞こえた。剃ったばかりの頬をやや赤くさせて、生き生きと部屋に入ってきた。「おはよう、ミス・ディーン！　素敵な春の朝じゃないか！　そして朝一番の食膳はハネデューメロン。おはよう、メアリ。ぼく宛ての手紙は来てるかい？」

「はい」メアリは朝食の皿のそばに手紙の束とたたんだ新聞を置いた――ミス・ショー

が存命中は、朝食の食卓には決して置かなかったものだ。

ブリンズリーはメロンを食べながら手紙に目を通した。メアリは、トマトのクリーム煮を載せたトーストを出し、シャーロットはコーヒーを注いだ。ブリンズリーはたばこに火をつけ、二杯目のコーヒーを飲むと、シャーロットのほうを見てにやりとした。

「彼女ならこんなのを嫌うだろうな」

「彼女ですって?」

「ケイ伯母さんのことさ。朝食時だけど、たばこを吸ってもかまわないかい?」

「かまいませんわ、ショーさん」気を遣うのはブリンズリーらしくない。「いえ、ご遠慮ください」と答えたら、どんな反応が返ってきただろうかとシャーロットは思った。たばこの煙の向こうから彼女の顔にじっと目を注いできたが、その目つきを見ても、彼の礼儀正しさを試したりしなくてよかったとシャーロットは思った。彼はメアリをちらりと見ると、いら立ったように言った。「そうやって、ここにぐずぐずしてないといけないのかい?」

「あら、ミス・ショーがおられた頃は……」とメアリは口ごもった。

「分かってるさ。だが、君も疲れるだろう。また用があったら、ミス・ディーンが呼び鈴で呼ぶよ」

「ありがとうございます」メアリは、シャーロットと同じくらい驚いた様子で出て行った。ブリンズリーはいつもなら、ほかの人間が疲れようとどうしようと気にかけたりなどしない。まして雇人ならなおさらだ。

「さて、君はこれからどうするんだい、ミス・ディーン？」と彼は尋ねた。「『オセローの仕事は終わった』（シェークスピア『オセロー』第三幕第三場）君は資産もある女性じゃないか。結婚しないのかい？」

彼女はこの無礼な質問を無視した。「もう歳ですし、そんな変化には耐えられませんわ。居心地のいいアパートを見つけるまで、ホテルに住もうと思ってます。不動産の売却がすんだら、すぐそうします」

「そのあとは？」

「読書をして過ごします。それと、演劇やコンサートにも行きますわ。友だちとお茶も楽しみたいですし」

「えらく退屈そうな生活だな！　ぼくら二人とも、もっと若いときにこの財産をもらって、十分楽しめなかったのが残念だよ」

「私はこの歳なりに楽しみます。あなたはまだお若いですよ、ショーさん」

「まだお若いって！」大げさに強調して繰り返した。「男の歳を言うのに、これほどひどい言い方があるもんかね？」

シャーロットは話題を変えようとした。「あなたはこれからどうなさるんですか、ショーさん？」

「ロングアイランドで夏を過ごすのさ。冬はリヴィエラだ。そんな生活を送るんだ。この家と中のガラクタをみんな厄介払いしちまったらね。このヘップルホワイト様式の椅子は、君の住むアパートにどうだい？」

「もちろんほしいですわ」と言いながらも、シャーロットはこう言い添えるべきと思った。「どのくらいのお値打ちかご存じですの？」

「もちろんさ。だが、金は要らないし、椅子も要らない。思い出させるんだよな……」と言いかけて不意に口を閉ざした。

「なんのことですか、ショーさん？」

「ケイ伯母さんが亡くなった病気を思い出させるのさ」話題を変えたがったのは、今度は彼のほうだった。「それはそうと、招待状をもらってるんだ。ぼくら二人とも、金曜に開かれるツィンマー博士宅の夕食会に招待されてるんだよ」

シャーロットは驚いた。「ツィンマー博士とマン夫人もご親切なこと。謝意をお伝えいただきたいですけど、私はお断りせざるを得ません」

「どうしてだい？」彼はいらいらしたように、彼女をまっすぐ見つめた。「グレタが君にじゃなくて、ぼくに送ってきたからかい？　きわめて自然なことだと思うがね」

シャーロットは敵意のこもった目で睨まれて少し動揺した。「その……つまり……ミス・ショーが亡くなって、まだほんの数週間ですもの。どこであろうと、夕食会へ出かけるなんておかしいですし、ましてツィンマー博士のお宅では、不幸な連想がつきまといますから」

「昔かたぎだな。ケイ伯母さんなら望まんだろうよ、そんな……」と言って言葉を探した。「病的な態度はね」

「そう思われますか？」

「そりゃそうさ。ぼくはツィンマーの招待を受けるつもりだよ。君だって受けりゃいいじゃないか。ツィンマーは困ってるのさ。患者が自分から離れていったら、噂が立つだろうし、診療業務だっておしまいだ。彼には世話になってる。ぼくの病気もほぼ治してくれたし、ぼくはひどい状態だったわけだからね。助けてやりたいんだ。結局あの晩、ツィンマー家にいた者は、誰も急死した探偵とは何の関係もなかったんだし、ぼくらが一致して行動すれば、警察にもそのことを悟らせることになる」

シャーロットはまぶたを伏せた。高く明瞭な声も、いつもの安定した響きを失っていた。「あなたも私もあの晩、ツィンマー博士のお宅にいたし、ダガンの死と関係があったのよ。だって、彼を雇ったのは、あなたの伯母さんで私の雇い主のミス・ショーだったんですもの」

ブリンズリーは息をのんだ。「まさか、ケイ伯母さんがあの晩、ツィンマー家に来させるためにダガンを雇ったという、警察のばかげた仮説を信じてると言うんじゃないだろうね？　信じる理由はなんだい？」

シャーロットは、〝J・ブッシュ〟と署名のある紙片のことは誰にも言ってはいけないという、ウィリング博士の言葉を思い出した。

「分かりません」彼女は息が速くなり、言葉を絞り出すのがつらくなった。「私は――いかにももっともな仮説だと思いますけど……」

「なにをばかなことを、シャーロット！」キャサリン・ショーがずっと使っていた「ミス・ディーン」という呼び方をブリンズリーが使わなかったのはこれが初めてだ。「警察は追い込まれてるのさ。だから、面目を保つためにありとあらゆるばかげた仮説をひねり出して、袋小路に入り込んでるんだ。ぼくは君よりケイ伯母さんのことをよく知ってるし、伯母が私立探偵とかかわりがあったなんて想像もつかないよ。金曜の晩のツィンマーの夕食会に一緒に行くのか、行かないのか、どっちだい？」

「よく考えてみます」

「いいだろう。決まったら教えてくれ」彼は手紙と新聞を一つにまとめながら立ち上がった。「十一時以降に電話がかかってきたら、ぼくはクラブで昼食をとるし、夕食まで家には戻らないと伝えてくれ」

彼が部屋から出て行くと、あとはしんと静けさだけが残った。しばらくして、シャーロットはメアリを呼び鈴で呼んだ。「二人とも食事はすんだわ。それからショーさんは昼食をここでとらないそうよ」

シャーロットは高層建築に四方を囲まれた小さな庭に出た。まるで井戸の底にある花壇だ。ブリンズリーとミス・ショーの死について話したのは、警察がこの家に来てからというもの、これが初めてだ。彼の態度にはひどく心をかき乱された。彼はなにを知っているのか？　なにを疑っているのか？　ヘップルホワイト様式の椅子は賄賂《わいろ》のつもりなのか？　彼女が一緒に夕食会に行くことに、どうしてブリンズリーはこだわるのだろう？

シャーロットは時計が十一時を告げるまで、庭に一人で座っていた。屋内に戻ったとき、ブリンズリーが早く出て行ってほしいと願っている自分にはじめて気づいた——同じ家にこれ以上一緒に住みたくないのだ。

彼女は電話をかけに行った。

「ウィリング博士ですか？　シャーロット・ディーンです。ちょっとご相談したいことがありますの。ツィンマー博士が、患者とご家族を招いた定例の夕食会を再開するんです。ブリンズリー・ショーは行くつもりですし、私も一緒に来るよう招待されてますの。彼も招待を受けろと言うんですよ。それはもう強く言い張るんです。行くべきだと思われますか？」

電話の向こうからは、しばらく沈黙しか聞こえなかった。それからこう返事が来た。

「地下の部屋で発見したことを誰かに話されましたか？　誰にも話していない？」

穏やかな声は安心させるように響いた。シャーロットのほうも、次第に声がしっかりしてきた。「もちろん話してません。話さないとお約束しましたし」

「それなら、行かれても、あなたに危険が及ぶことはないと思いますよ——お尋ねの趣旨がそういうことでしたらね」

「そのとおりです。正直申し上げて、ちょっと怖くなりまして」

「でしたら、私にそんなことを尋ねてはいけませんよ」

「どうしてですの？」

「私なら、その夕食会がどんな様子なのか、ぜひ直接目撃者から聞きたいと思うからです。もし行かれるのでしたら、あとでその様子を教えていただきたいものですね」

「まあ、ウィリング博士、それで私がお役に立てるのでしたら……」

「もちろんです。ただ、さっき申し上げたことをもう一度念押しさせていただきますよ。危険が及ぶことはないと思いますが……。私の思い及ばないことだってあるかもしれない」

「そのリスクは負います」

「行ってくださいとは申し上げません。これはあなたご自身がお決めになることでしょう。一両日はじっくりお考えになったほうがいい」

「いえ。もう決めました。お手伝いできるチャンスを与えていただき、感謝申し上げます、ウィリング博士。私、ミス・ショーが大好きでしたから……」

5

ベイジル・ウィリングの図書室は、春に昼過ぎから日没までをのんびりと長時間過ごすには実に快適な場所だ。一方には高い窓があり、通りのせわしい動きや出来事、向こう側の低い建物の上に広がる空を垣間見ることができたし、部屋自体は奥まっていたため、座りながら見とがめられずに外を観察できたからだ。いつもなら、ベイジルはなによりもその時間帯を好んだものだが、金曜の晩は落ち着きを失っていた。

「どうかなさったの？」ギゼラは、ジュニパーがミントジューレップを運んできたあと、静かにそう尋ねた。

「先日、大変なことをやってしまってね。シャーロット・ディーンに、ツィンマー博士宅で再開される夕食会の招待を受けるよう勧めてしまったんだ。ダガンとミス・ショーが死んだ晩に出席していた人たちも来る」

「彼女が行っちゃいけないわけでもあるの？」

「ないと思うが、どうも気に食わない。こんなことを平気でやるとは無神経な連中だ」

「夕食会はいつあるの？」

「今夜さ」

ギゼラはそれ以上聞かず、夕食がすんでからやっとその話題に触れた。すでにカーテンも引かれ、暖炉には火が入り、二人はコーヒーを飲みながら暖炉の前に座っていた。

「あなたがこんなに不安そうにしてらっしゃるのは初めてよ」と彼女は言った。「そのお話をしたほうが慰めになるかしら？」

「医者よ、自分自身を治せ（新約聖書「ルカによる福音書」第四章二三節）、というわけかい？」彼は苦笑しながら言った。「話をすることは、いつだって心の慰めになるものさ。今度の場合は、頭脳を働かせるのにも役立ってくれるかもね」

ギゼラはしばらく話に耳を傾けた。それからこう言った。「こうは思いつかなかった？　ダガンが殺されたのは、何者かが彼を本物のベイジル・ウィリングだと考えたからだと」

「ブリンズリー・ショーも思いついたことさ」

「彼はロザマンド・ヨークへの疑いを晴らそうとしたのかも。ダガンがベイジル・ウィリングじゃないことを最初から知っていたのは、彼女だけだったから」

「ほかならぬ自分への疑いを晴らそうとしたのさ。それと、実に巧妙に一石二鳥を狙ったんだよ――まず、ぼくを怖気づかせて事件から手を引かせようとした。二つめは、ダガンの死はミス・ショーが彼を雇ったこととは無関係だと思わせることで、ミス・ショーの死が自然死だったと信じさせようとしたんだ。ダガンの死はブリンズリーもさほど気にかけなかったが、それというのも、彼にはダガンを殺す明確な動機がないからだ。だが、ぼくはブリンズリーのそそのかしには乗らなかったよ。ミス・ショーと彼女が雇った私立探偵のダガンが、同じ晩に同じ連中と一緒に過ごしたあとで死んだのは、偶然のはずがないさ」

「警察はツィンマー博士が説明した自分の出自のことを確かめたのかしら?」

「もちろんさ。彼はドイツ出身で、四十六歳だ。オックスフォード大学に行き、そのあとプラハ大学で精神科を専攻した。判明した事実はすべて彼と妹さんの言ったとおりだったよ。現在は帰化してアメリカ国民だし、ニューヨークで医師として開業する許可も得ている。フォイルはスコットランド・ヤードに電報を打って、新たな情報を得られないか照会している。だが、おそらく時間の無駄だろう。ダガンを毒殺したのが誰であれ、ツィンマーではあり得ない」

「どうして? あなたの話だと、ダガンは、彼が私立探偵だと知っていた者に毒殺されたのよね。ツィンマーも知っていたのかも。ダガンが生きているうちに、彼の探偵認可証を見つけたのかもしれないわ」

「だが、ダガンが飲んでいたあいだ、ツィンマーはダガンのグラスには近づかなかった。ぼくはずっとツィンマーを見ていたんだよ」

「オットーはどうなの？　カクテルを提供したのは彼よ。彼なら簡単にやれたわ」

「ダガンが私立探偵だと、どうやってオットーは知ったんだい？」

「ツィンマーが話したのかも」

「あり得ない。ツィンマーとオットーは、ダガンが到着したあとは互いに言葉を交わさなかったんだ。言葉を交わせるほど近くに寄りもしなかった。ツィンマーはオットーになにも話せなかったんだよ」

「ところで、オットーって何者なの？」

「警察の記録によれば、フルネームはオットー・シュラーゲル、国籍はチェコだ。ツィンマーは、戦後にドイツの強制収容所で彼を見つけたんだ。ツィンマーの言ってたとおりさ」

ギゼラはもの憂げに暖炉の火を見つめた。青い炎が赤く輝く石炭の中央で羽根のように揺らめいていた。「どうしてシャーロット・ディーンをそこまで信用するの？」

「最初に会ったときに彼女が見せた戸惑いにしても、なんにしても、ブリンズリー・ショーの淡白な態度よりも邪気がないと思ったんだ。だから、ミス・ディーンに賭けてみる気になったのさ。ブリンズリーとは違うと思うよ。ただ——ミス・ショーが言った『彼らはずっと監視してるのよ』という言葉の意味が分かればね。『彼ら』とは誰のことなのか？　普通に考えれば、ブリンズリーとミス・ディーンのことだろう――二人とも、ミス・ショーの財産の相続人だし、同じ家に住みながら、彼女がダガンを雇ったことを二人とも知らされていなかった。彼女がブリンズリーと結びつけそうな者がほかにいるかな？　イゾルダ・カニングか？　ブリンズリーとは親しそうだからね」

ベイジルは立ち上がって部屋の中を行ったり来たりし、ギゼラのほうはソファに座り、手にあごを載せてじっと耳をすませ、暖炉の火を見つめていた。

「ミス・ショーは、ブリンズリー・ショーが自分を殺そうとしていると疑っていたに違いない」とベイジルはつぶやいた。「ミス・ショーのような性格の女性に私立探偵を雇う気にさせる十分強力な動機になるよ――ミス・ショーは自分の命の危険を恐れたというだけでなく、自分が愛し、同じ名をもつ家族の一員が、自分が死んだあとに、自分を殺した殺人犯として告発されるかもしれないと恐れたのだとすればね。そうした家族の不名誉は、ミス・ショーには、死そのものより恐ろしいことだったろう。ダガンに依頼したとき、彼女は自分が危険にさらされていると気づいていた。だからこそ、ダガンとの交渉を秘密裏に進めたんだ。シャーロット・ディーンまで危険にさらしたくなかったから、彼女に打ち明けることもできなかった。ブリンズリー・ショーが無実なら、彼を危機にさらすことになるから、警察に話すこともできなかった。有罪なら、一族の名を汚すことになるのを恐れたんだ。ブリンズリーに対する彼女の疑惑が当たっていたとは言わないが、何者かが彼女を殺そうと試み、彼女はそれをブリンズリーの仕業だと考えたのだと思う。ダガンが真相を見出したとき、彼もミス・ショーも殺されてしまったというわけさ」

電話が鳴った。

ベイジルは、歩き回るのをやめた。ギゼラは手からあごを上げ、彼のほうを見た。二人がお互いを見つめると、ベルは再びしつこく耳ざわりに鳴った。

「予想が外れりゃいいけど！」

ベイジルは三歩で歩み寄り、受話器を取った。

ギゼラは時計を見つめた。ほぼ真夜中だった。

「もしもし？」

弱々しいささやき声が答えた。「ウィリング博士ですか？」

「ミス・ローレンス！」

「すぐ家まで来てちょうだい」電話の向こうから、息が不規則にはずむのが聞こえた。

「恐ろしいことが起きたの」

「なんですか？」と彼は問いただした。

「父なの。父が――死にかかってるんです。でも、救えるチャンスがあるかも――あなたがすぐ来てくだされば」

# 第十一章

バロウ・ストリートにはアパートが二棟あり、そのあいだに木戸の閉じたアーチ門があった。街灯の明かりがアーチの上の番地を照らしていた。木戸は施錠されていない。ベイジルがくぐり抜けると、広い中庭があり、その四方をアパートの建物が囲んでいた。庭の中央には、ニワウルシの木に囲まれた、ちっぽけなコテージがあり、窓のすべてから明かりが漏れていた。柔らかく丸みを帯びた、今にも傾《かし》げそうな建物で、外観からも古い建物だと分かる。

敷石を踏みながら横切り、旧式の呼び鈴の紐を引っ張った。短い階段を降りてくる足音が聞こえ、ドアがぱっと開いた。パーディタだ。青ざめた顔に目をぎらぎらさせ、服装もぞんざいなまま、息を切らしていた。「まあ、よく来てくださったわ！　こちらよ」

低い天井、幅広で奥行きのある暖炉、でこぼこの床板が、彼女に続いて狭い階段を上がりながら、次々にベイジルの目にはいった。彼女は、やはり狭い廊下を抜け、部屋に案内した。壁が傾斜した屋根裏の寝室で、そこにも暖炉があった。パーディタは、折り畳み式簡易ベッドのはじで立ち止まった。「父に言いたいこと、聞きたいこともたくさんあったのに……」胸の張り裂けるような泣き声だった。「でも、もうできない――永遠に。こんなことになるなんて予想もしなかった」

ベイジルは一瞬、来るのが遅すぎたと思った。それから、指先で脈を測った。

パーディタはすすり泣いた。「ツィンマー博士のお宅を出たときは元気そうだったのに……」

「その話はあとで。吐剤用のドライ・マスタードと、ぬるめのお湯を持ってきてください。それと、濃いコーヒーを沸かしてください」

パーディタは急いで出て行った。

ベイジルは鞄から皮下注射器を出した。すぐにローレンスのまぶたがまたたいた。ベイジルは彼の肩に腕を回し、ベッドで身を起こさせた。「しっかりして。眠らないようにしてください」

ローレンスはかすんだ目でベイジルを見つめた。「なぜ？」青ざめた唇から皮肉のこもったささやき声が聞こえた。

「お嬢さんのためです」

「私が死んだら――娘がほんとに悲しむとでも？」

「こんな形で亡くなったら、お嬢さんはこれからの一生、ずっと過ちと罪の意識にさいなまれますよ」

ローレンスはベイジルの目をじっと見つめた。ずいぶん長く見つめていたようだったが、実際は三十秒ほどのことだった。ローレンスはため息をつくと、目を閉じた。「賢いな。私に生きる気力を持たせるには——それしかないからね」

「もちろん、生きるのは死ぬより勇気のいることですよ」とベイジルは応じた。「だが、あなたには勇気がある」

「私に?」目が再び開いた。「自分でこうしたのだとしたら?」

「なにを言ってるのか、聞こえない」ベイジルは嘘をついたが、そのとき、パーディタが吐剤用のマスタードとお湯を持って入ってきた。

嘔吐はローレンスを消耗させた。脈絡のない独り言を言いはじめた。「喜んで……さらなる苦しみから……自分を解放する……牢獄……拷問台……責め苦から……逃れるように……。パーディタ。失われしもの(Perdita はラテン語で「失われしもの」の意。シェークスピア『冬物語』第三幕第三場)。失われてしまった。煉獄をさまよう。皆お互いを知ることになる。ロザマンド。ロザムンディ。現世のバラ(Rosamundi はラテン語で「現世のバラ」の意)。『つれなき美女』。いや。キーツじゃない。コールリッジだ」そう言って詩を朗唱しはじめた。

死は彼《か》の女の伴侶《つれあい》なるか。
女の唇は赤く、しどけなき様《さま》し、
髪は黄金《こがね》の如き黄色して、
肌の白さは癩《らい》病《や》みの如く、
この女こそ悪夢めく死中の生、
人の血を冷たくもこごらせる者なり……

（サミュエル・テイラー・コールリッジの詩「老水夫の唄」より。高山宏訳による）


恐怖の色がパーディタの目に広がった。「心が……乱れはじめてるのよ……」とささやいた。

ベイジルは彼女を鋭い目で見た。「そうですかね……」

二度目の嘔吐のあと、ベイジルはパーディタにコーヒーを持ってこさせた。

「あなたも一杯飲みなさい」と彼は言った。「ひどく顔色が悪いですよ」

「私のことは気になさらないで」

「医師としての指示です。お父さんにかかりきりのときに、あなたに倒れられては困りますのでね」

彼女は指示に従った。

ローレンスはゆっくりとコーヒーをすすった。唇は次第に生気を取り戻した。

「さあ、歩いてもらわなくては」とベイジルは言った。

「歩くだって？」ローレンスは眠そうに目をしばたたいた。

「私が体を支えますが、自分で歩くよう努めてください。しばらく部屋のなかを行ったり来たりしてもらいますよ」

「眠いんだ」

「だからこそ歩かなくちゃいけないんです」

ローレンスはベイジルにぐったりと寄りかかり、よろめくように窓のほうに行き、再びベッドのほうに戻った。

パーディタはもはや涙もなく、きらきらと輝く大きな目で見守っていた。

「手伝いましょうか？」

ベイジルは彼女のほうを見た。「あなたはそれほど頑丈じゃない。肉体的にも精神的にもね。お父さんと私だけにしてください」

彼女は出て行った。ローレンスはため息をつきながら、ベッドのへりに座った。

「まだ休んじゃいけない」

「疲れてしまったよ」

ベイジルは相手の顔を激しく平手打ちした。

ローレンスははっとして目を開いた。怒りに突きあげられて立ち上がったが、にっこりと笑った。「ありがとう」

彼らは再び歩行をはじめた。

「コデインの飲み薬はどこにありますか？」とベイジルは聞いた。

「バスルームだ」

ローレンスはよろめきながら、ベイジルと寝室を横切った。バスルームに入ると、ローレンスは震える手をガラス棚の瓶に伸ばした。瓶はタイルの床に落ちて割れ、粉々に砕け散った。ローレンスはまたもやよろめき、洗面台につかまって身を支えると、丸薬を踏みつけた。

「もう一度歩きましょう」とベイジルは言った。

一時間後、ベイジルは部屋の外に出ると、ドアを閉めた。パーディタは階段の一番上の段に座っていたが、問いかけるような目を向けた。ベイジルがうなずくと、彼女は安堵の吐息を静かについた。彼らはなにも言わずに下に降りた。階段の下で彼女は言った。

「コーヒーはいかがですか？　それとも、ウィスキーのソーダ割りになさいます？」

「コーヒーをください」

彼女はコーヒーを簡易キッチンから持ってくると、暖炉の前のテーブルに置いた。

「父の命の恩人ですわ」

「いや。お父さんの命を救ったのはあなただ」

彼女は驚きをあらわにした。「あのとき私に電話をなさらなかったら、救えなかったでしょう。私にとっては手慣れた対処です。でも、あなたにはそうじゃない。すばやく正しい判断をし、実行に移したのですよ」

彼女は冷ややかな目でベイジルを見た。「私の気持ちを楽にしようとなさってますわね。でも、気持ちが休まることはもうありません」

「どうしてですか?」

彼女は顔をそむけた。「私のせいとしか思えませんから」

「電話される前になにがあったのか、教えてください。お二人はツィンマー博士のお宅で夕食をとったんですね?」

彼女は驚いたような目でベイジルの顔を探った。「どうしてご存じなんですか?」

「ミス・ディーンが、金曜の夕食会が再開されると教えてくれたんですよ。ほかの皆さんもおられた――ヨーク夫妻、カニング夫妻、ブリンズリー・ショー、ミス・ディーン、ツィンマー博士、それにマン夫人ですね?」

「そうです」

「なにかおかしなことがありましたか?」

「いいえ。父はいつもどおりでした」

「興奮しておられたとか？　陽気だったとか？　そんなことは？」

「帰宅するときは、ちょっとそんな感じでした。でも、おいしい夕食にカクテルとワインもいただけば、いつもそんな感じです。帰宅してからしばらくおしゃべりをして、父は寝室にひきとり、私は一人残って本を読んでいました。父が倒れたらしい激しい音が上から聞こえて、二階に駆け上がりました。父はパジャマ姿で、ベッド横の床に意識を失って倒れていました。父をなんとかベッドに引っ張り上げて、アンモニア水で目を覚まさせようとしたけど、反応がなかった。この一年、早く楽になってもらったほうが父のためでもあると思ったことが何度もありました。でも、父が身動きせず横たわっているのを見て、思いもよらぬ事態に、自分が間違っていたと思いました。かかりつけの医者にも電話したのだけど不在で、それであなたに電話したんです」

「ご親族に心臓疾患の病歴のある方は？」

「いえ、いませんわ！　どうしてそんなことを？」ベイジルを見つめているうちに、自分で答えに気がついた。「ロザマンド・ヨークのお宅で私が気を失ったことを考えてらっしゃるのね？　あんなことは初めてでした」

「お父さんはどうですか？」

「四年前まではずっとなんともありませんでした」

「お父さんはそもそもどこが悪いんですか？」

パーディタは唇を動かしたが、しばらく声が出なかった。それから、ベイジルが予想していた言葉を語った。「骨です」と言うと、ゆっくりと言い添えた。「回復の見込みはありません。医者が気づいたときは、エックス線治療をするにも手遅れだったんです」

ベイジルはため息をついた。「さっき、お父さんは、どうして回復する努力をしなければならないのかと尋ねてきましたよ。あなたが突然こんなことになれば、お嬢さんは一生罪の意識にさいなまれると申し上げました。お父さんが一念奮起されたのは、あなたのためなんですよ。今度は、お父さんが後悔されないよう、あなたが気をしっかり持たなくては。お父さんと同じくらい、いえ、お父さん以上にね」

パーディタの唇は血の気が引いていた。「二度と父を——失望させはしません」

「一つだけお尋ねしたいことがあります」

「なんでしょう?」

「お父さんに敵はいますか?」

「敵ですって? 父に?」ベイジルはここに来て初めて、彼女が微笑むのを見た。「父をよくご存じないんですね。父はひと様からなにかを奪うような真似はしたことがありません。父はいつも与えるばかりでした。どうしてそんなご質問を?」

「今日、お父さんを診たとき、アヘンの派生物を盛られたと気づいたのです。モルヒネかもしれません——だから、なんとか眠りに落ちないように努めたんです。ただ、コデインの疑いもあります。コデインを所持しておられましたのでね。ジャック・ダガンの死因はコデイン中毒でした。今夜、ツィンマー家であなたが一緒にいた人々と会ったあとにですよ。偶然と呼ぶにはできすぎですね」

パーディタは疲れたように椅子の背にもたれ、目を閉じた。「偶然というものは起こるものですわ。父はこのひと月、コデインを飲んでましたから」

「ミス・ショーもそうでした」

彼女は恐怖の色を帯びて目を開けた。「というと……」それ以上言葉を続けられなかった。

「ダガンの死がなければ、今夜のことも事故か自殺未遂と思ったことでしょう。しかし、これとダガンの死を都合よく偶然の一致とみなすことはできない。どう思いますか?」

「ダガンのことは——私には分かりません」

「お父さんは、あなたか誰かが相続する予定の財産をお持ちですか?」

彼女は首を横に振った。「財産はなにもありません。この家も借家です。家具は所有物ですが、なんの価値もありませんし。それで全部です。乏しい預金も治療費に使っています。いつまでももちません。だから、誰にも動機なんかない——あなたが思ってらっしゃるようなことではね」

「間違いありませんか? ダガンは私立探偵で、どうやらミス・ショーに雇われていた。

雇った理由も秘密にしていました。ミス・ショーが、その秘密をお父さんに打ち明けていたのかも？」

「分かりません。見当もつきませんわ」

「では、ちょっと脈絡のないことをお聞きしますよ。ふた月ほど前にロザマンド・ヨークが、『そこでは、一つだけ妙なことに気づくはずですわ——つまり、私たちの何人かは決して未来のことは話さないのよ』とあなたに言ったのは、どういう意味だったんでしょう？」

「それは……」パーディタは、髪を額からうしろにかき上げた。「疲れてしまいました。考える力もありません。やってることも言ってることも分からなくなってしまって。お話はまた別の機会にしていただけませんか、ウィリング博士。お願いです」

「いいでしょう。ただ、今日のうちにあと一つだけお聞きしておきたいことがあります。楽しい質問ではありませんが」

甲高い一本調子の響きが四回聞こえ、半音階上がると、最後にしわがれたクスクス笑いに変わった。そのさえずり声は繰り返し聞こえ、こだまして響いた。甲高い音がほかにもたくさん加わって目に見えぬ合唱になり、ついには、世界がさざめき羽ばたく音に満ち、おしゃべりやら歌やらに加えて口笛も聞こえてくるようになった。真っ黒な空がゆっくりと薄れて鉄灰色に変わりつつあったが、屋内にいたベイジルも変化に気づかぬほどだった。しかし、外では太陽を崇拝する鳥たちが、夜が明けたという最初の知らせを声高に告げていたのだ。

「こんな遅い時間とは思いませんでした」と彼は言った。「というより、朝早いというべきでしょうか」

パーディタは弱々しく笑った。「騒々しいですわね。鳥たちは夜が更《ふ》けるときも同じように騒ぎます。ここに集まるのも、木々があるからです……。楽しくない質問ってなんですの？」

ベイジルは彼女をまっすぐに見た。「お父さんに過量のコデインを投与したのはあなたですか？　安楽死殺人をやる者によくあることですが、お父さんが瀕死の状態になったのを見て気が変わったのでは？」

「違います」その言葉は蒼白の唇からすぐさま出てきた。「自分で父に毒を盛るなんてできません。相手が動物でもできませんわ」

不意に涙があふれてきた。手で顔を覆い、すすり泣きしはじめた。

「申し訳ない。病院からナースを呼びましょうか？　それならあなたも休めますから」

「ええ、お願いします。一日だけでけっこうです」パーディタは、目から涙をぬぐった。

「明日には私も立ち直ってますから」

ギゼラは夫の足音を聞きつけて目を覚ました。下に降りると、夫は図書室でブランデーの薄いソーダ割りを作っていた。

「なにごともなくてよかったわ」と言った。「心配だったの」

「なにごともないだって？」グラスのふち越しに妻を見ると、ローズの裏地の白いガウンをまとった優美さに心がなごんだ。自分が贈ったガウンだ。（ユリは外に、バラは中に、か）（アンドリュー・マーヴェルの詩「小鹿の死を嘆くニンフ」より）

「ひどいものさ」と憂鬱そうに言った。「しかも、わけが分からないんだ」

彼女はソファのすみに丸くなって座り、じっと夫の話に耳を傾けていた。

「『そして鳴く鳥は絶えてなし』というわけね」と最後に言った。「猫がうじゃうじゃいる場所はどうかしら？」

ベイジルは首を横に振った。「ダガン本人も猫を飼ってたのを忘れちゃいけない。猫のせいで裏庭や小道から鳥がいなくなっていても、彼は気にしたりしなかったろう。ダガンは、ジグソー・パズルの空白にどうしても嵌まろうとしないピースなんだ。ツィンマー博士の家にまったく同じ連中が集ったあとに、人が二人死に、もう一人があやうく死にかけたというのは、偶然であるはずがない。三人のうち二人はコデインを定期的に少量ずつ飲んでいて、そのコデインが毒に使われたのも偶然じゃない。キャサリン・ショーとスティーヴン・ローレンスの体からコデインが検出されても、誰も疑わないだろう。だからこそ、殺人犯はコデインを毒に使ったんだ。だが、ダガンは普段コデインを使っていなかった。彼を殺したのは誤算だった――必要に迫られて、その場で慌てて実行した殺人さ。ほかの二つの殺人は、殺人と気取られないように念入りに計画されたものだ。ダガンはもう少しで重大な発見をするところだった。だから、なんとしてもすぐに殺してしまわなくてはならなかったのさ」

「でも、ローレンスが毒を盛られたのが、ミス・ショーが彼に秘密を打ち明けたからだとしたら、命を狙うのに、どうしてこんなに時間がかかったのかしら？」とギゼラは聞いた。「ミス・ショーが死んだとき、彼はどうして警察に行かなかったの？　それに、どうして今日、自分は自殺しようとしたんだと、あなたに思わせようとしたわけ？」

ベイジルはゆっくりとうなずいた。「ローレンスが自殺未遂と思わせようとした理由は一つしか考えられない――娘のパーディタが安楽死殺人の未遂罪に問われることを心配したのさ。彼がコデインの瓶をバスルームの棚から落として、丸薬を踏みつけたのも、過失とは思えない。ぼくが娘の指紋を瓶に見つけたり、丸薬の数を確かめたりするのをおそれたんだろう。彼が娘のことを疑っているのは明らかだったから、彼女のいれたコーヒーも、父親に飲ませる前に、ぼくはまず彼女に飲ませたのさ」

「仮に娘さんを疑っていたとしても、彼女自身は無実かも。だって、どう考えても、キャサリン・ショーやダガンを毒殺する動機は彼女にはないもの！」

「パーディタが安楽死殺人をもくろんでいるという疑いを、ローレンスがミス・ショーに打ち明けていたとしたら？　ミス・ショーが私立探偵を雇って調べさせていたのも、その証拠をつかんで、ばらすぞと脅してパーディタを止めるつもりでいたのかも？　ミス・ショーなら、自分の死後に娘が殺人罪で裁かれ、処罰されるかも、とおそれながら死ぬ苦痛からローレンスを救ってやるために、そんなこともするんじゃないか？　それに、ローレンスがそんな疑いを持っているなら、キャサリン・ショーの死んだあとも秘密を守り続けるんじゃないか？　警察に話せば、娘を巻き込まないわけにはいかないからね」

「ああ、やめて！」ギゼラは言い返した。「いくらなんでもひどいわ！　あんなおとなしくて優しい娘さんが……。彼女なら、父親を苦痛から解放するため、激情に駆られて自ら手を下すことがあるかもしれないけど、何の罪もない他人や父親の旧友を平気で毒殺したりはしない……。いえ、違うわ、ベイジル！　そんなこと彼女はしない。ローレンスが毒を盛られるまで、あなた自身も、ミス・ショーがダガンに調査させていたのは、ブリンズリーのことだったと考えてたじゃない。今になって、すべてを実際以上に複雑にしてしまうつもりなの？　スティーヴン・ローレンスが自殺未遂を暗に口にしたのも、ほんとにそうだったからと考えてもいいんじゃないの？　ミス・ショーやダガンとは何の関係もないことだったのかもよ？」

ベイジルは笑った。「三重の偶然かい？ ローレンス自身がミス・ショーとダガンを殺して、露見をおそれて自殺を図ったと考えるほうがましだね！ だが、それも信じられない。ローレンスはどう考えてもそんな男じゃない。嘘を言うのに慣れていないから、満足に嘘もつけない男なんだよ。自殺を図ったとほのめかしたときも、嘘の響きがはっきりと聞き取れたよ」

「それじゃ、パーディタは？ 彼女の言葉にも嘘の響きがあったとでも？」

「いや。彼女はありのままの真実を語っていたと思うね」

「すべての真実を話してはいないのかもね」とギゼラは敢えてそう言った。「言わずにすませるだけでも、たくさんのことを隠せるものよ」

「かもしれないね」とベイジルはため息をついた。「だが、なにを言わずにすませたんだろう？」

朝一番の日差しが東側の窓から射し込んできた。廊下の向こうから、ジュニパーが食堂でせわしく動いているのが聞こえ、ベーコンとコーヒーのかぐわしい香りが漂ってきた。だが、二人ともさほど食欲はなかった。

ギゼラは夫のほうをじっと見つめた。「昨夜の夕食会でなにがあったのか、もっと情報がつかめさえしたら……」

「たぶんつかめるさ」彼は安心させるように笑みを返した。「今朝、お客さんが来なかったら、むしろ驚くよ——シャーロット・ディーンのことだけどね」

# 第十二章

## 1

だが、シャーロット・ディーンがウィリング家を訪ねてきたのは、午後も遅くなってからだった。

図書室の窓から見えるいつもの慌ただしげな光景も夕暮れの光に染まり、傾きかけた太陽の黄金の矢が横町のひとつひとつに射しこんでいた。シャーロットは、大きな街路の向こうに並ぶ低い建物群を見つめながらつぶやいた。「あの空は何色でしょう？　青緑色？　それとも黄緑色かしら？」

「まさに春らしいじゃありません？」とギゼラは言った。「秋の夕暮れは薄紫色だし、冬はグレー、夏は黄金色ですわ。でも、春は空気もかすかに緑がかってますわね」

シャーロットはミントジューレップを断り、アイス・ティーをもらった。見たところ、いつものように生き生きと元気な様子で、清潔な白い帽子と手袋を身に着け、白黒写真のような色合いを帯びていた。ところが、すぐに戸惑いを表しはじめた。

「お伺いすべきかどうか、ずっと考えあぐねてましたのよ、ウィリング博士。よそうかとも思いましたわ。スパイ活動なんて慣れてませんし、一夜明けたら、なんだか恥ずかしいし、ばかみたいな気もして」

「どうしてですか？」

「だって、なにもなかったんですもの。なんにもよ。あんな素敵な、ごく普通の人たちを疑ってたと思うだけでもねえ」

ベイジルは苦笑した。「期待を裏切られた、なんてこともないわけですね？」

「もちろんですわ。安心しましたよ。でも、正直申し上げまして、あんなに煽り立てられて、それでなにもないときては、なにやら拍子抜けしちゃうのも仕方ないでしょ。ジャンヌ・ダルクやマタ・ハリじゃあるまいし、どのみち私はただのシャーロット・ディーンです。最初からそう自覚すべきでしたけど。ほんとにお話しすることなんてなにもありませんの」

ベイジルには急かす様子はなかった。「スティーヴン・ローレンスは、昨夜どんな様子でしたか？」とさりげなく聞いた。

「高揚してました。いつもよりずっと陽気で。ああいう気分のときは、とても楽しんでいらっしゃるのでしょう。テーブルであの方の隣に座れるのは、特権のように思えました。よくは存じ上げない方ですけど、あの方の詩はいつも素晴らしいと思ってましたの」

「最後まで高揚した様子でしたか？」

「ええ、そうです。あの方とパーディタは、最初にお帰りになって、玄関から出て行かれるときに笑い声が聞こえました。男の方なのに、あんなに軽やかに歌うような笑い声を立てるなんて！」

ギゼラは身震いした。家を出るとき、スティーヴン・ローレンスは笑っていたのだ。毒がすでに血のめぐりに達していたのか？　それとも、心中すでに自殺の覚悟をしていたのか？

「パーディタのほうはどうでしたか？」とベイジルは言った。「彼女も陽気でしたか？」

「ちょっと疲れた様子でしたけど、彼女、いつも疲れてるように見えますからね。生まれつき虚弱なところがあるんじゃないかしら。ツィンマー博士は元気づけようと一生懸命でしたけど。彼女が着くとすぐ、博士は二人きりでちょっとお話ししてましたけど、パーディタが生気のあるところを見せたのはそのときだけでした」

「なにを話していたのか、ご存じないんですね？」

「ええ。部屋の反対側におられましたのでね」

「ロザマンド・ヨークが一番の花形だったでしょうね」とギゼラは言った。「彼女の美しさは、初めて見るとき、ほとんどショックを感じるほどですもの」

「ヨーク夫人はちょっと……」シャーロットは言葉を濁らせた。「うわの空という感じでした。あの方にしては珍しいですわね。物腰はいつもならゆったりしてますのに、昨日はちょっとそわそわしているようでした。一度などはどもったりもして」

「どんなふうに？」ベイジルはすぐさま質問した。

「そうですわね……ヨーク氏が今度の夏の計画を話してましたの。ヨーロッパに行くとかいう話で、日にちをはっきり指定して、ヨーク夫人に一緒に来てくれるかと言ってました。夫人はこんなふうに答えました。『あら、もちろんよ。七月一日に飛行機で行きましょう……』ところが、そう言う途中で言葉に詰まって、口ごもってしまいましたの。一瞬言葉を途切らせて、それから少し不自然な声で話し続けました。彼女らしくありませんでした。いつもなら、まごついたりしませんもの。きっと、ツィンマー博士のお宅に前回集ったときのことを思い出したに違いないですわ。私も最初に招待状のことを聞いたときそうでしたけど、あの方も同じように動転なさったのよ。今にして思えば、はじめのうち、同じように感じたらしい人は何人もいました。それも無理もないというものです。初めのうちは少しくらいそわそわしても、人として当たり前ですもの。でも、すぐにそんなのも消えましたけど」

「皆さんにはどんな影響が見られましたか？」

氷がグラスに当たるチリチリンという音を立てながら、シャーロットはアイス・ティーをすすった。「なによりもおしゃべりに影響が出てました。目に見えて分かる不安の徴候なんて、そんなものしかないのかもしれませんけど」

「誰がそんな様子でしたか？」

「イゾルダ・カニングとご亭主です。どちらも雰囲気に流されそうにない人たちと思うでしょうけど、明らかにそうでしたの。カニング氏は原子爆弾の話をしてました――ほんとに不愉快な話題でしたわ。『そんなのが落ちたら、おれとイゾルダは……』と言って、急に話が途切れました。ヨーク氏が言葉を引き取って、『一番近くの非常口に逃げる。それも歩いてじゃなく、走ってだろ？』と話を結びました。カニング氏はうなずいてましたけど、それ以上なにも言いませんでした」

「ダガンの話をした者は誰もいなかった？」

「もちろんいませんわ」シャーロットは、そんな礼儀に反することをする者がいるはずがないと、やんわり難じるような口ぶりで言った。「でも、ダガンのことは、みんな最初、心の中に引っかかっていたとは思います」と彼女は認めた。「私たちが着いたとき、マン夫人が皆さんをくつろがせようと一生懸命努めていたのは、私にも分かりました。スティーヴン・ツィンマー博士もです。あの方は誰に対してもうまく対応なさるもの。ローレンスとだって、韻律や抑揚について論じ合うほどですから。あの二人が夕食前に暖炉の横で立ち話してるのを聞きましたけど、そんなことに無知な私でも惹きつけられましたわ。ツィンマー博士は片手をマントルピースに置いて、火を見つめながら熱心に耳を傾けてました。火を掻き立てる必要がありましたけど、博士はローレンス氏がご高説を終えてからやっと火掻き棒を手にされました。ツィンマー博士は、近頃じゃ珍しい機転の持ち主です。夜も終わりに近づく頃には、皆さん、ずっとくつろいでおられました。なにごともなかったように夕食会を再開するのが、おそらくは、ダガンの亡霊を引っこませる一番の方法なんです。マン夫人のお話では、ツィンマー博士は彼女に、そのことを患者の皆さんへの招待状にはっきり書いてくれと頼んだそうですけど、その判断は正しいと思います。これでわだかまりも消えましたし、次は皆さん、ダガンのことなどすっかり忘れているでしょう」

「すると、次も開かれる予定なんですか?」

「もちろんです」シャーロットは少しまごついた。「次の金曜も夕食に集う予定ですわ。よろしいじゃありませんか」

ベイジルは、別の質問をすることでその質問に応じた。「ショー氏もそわそわしていましたか?」

「いいえ。あの方はとても調子がよさそうでした。私がご一緒させていただいて、とても喜んでおられたようです。ずっと私に気を遣ってくださいましたの」

「あとは、ツィンマー本人とゼアオン・ヨークですね」シャーロットは眉をひそめた。「ヨーク氏には、そわそわしたところは全然ありませんでした。口ごもりもしなかったし、ためらったりとか、そんなこともありませんでした。でも、ちょっとだけ——疲れてらっしゃる様子をずっと見せてたし、どちらかというと無口でしたわね。ツィンマー博士のほうは……」シャーロットは笑みを浮かべた。「あの人って、人生で落ち着きを失ったことなんてあるのかしら? いつも完璧なホスト役ですし、愛想がよくて、思慮深くて、話すのも聞くのもお上手ですけど、気まずい沈黙が生じても、言葉を見失うことがありません。それに、とても礼儀正しくて、まるで十八世紀の人みたいだなんて言われてますわ! 鎧のように慇懃さを身に着けてますから、私みたいな凡庸な人間にはとても測り知ることのできない方です。でも、私、あの方を気に入ってます。自分を気に入ってもらうことに自信を持ってるような方が相手じゃ、どうしようもありませんわね」

「二人とも、マン夫人のことをお忘れよ」とギゼラは言った。

「まったくいつもどおりでした。それほどたいした会話はしてませんでしたけど、ずっと愛想がよくて笑顔で」シャーロット自身の微笑は悲しげだった。「聞きたかったのがこんな話じゃないのは分かってます、ウィリング博士。でも、なにもなかった以上、私にご報告できることは、こんなゴシップめいた些細な話ばかりですから、たいしてご興味を感じないのも仕方ありませんわね。ごめんなさいとは申し上げません。ミス・ショーのことであなたが思ってらしたことがほんとだとしたら、恐ろしいことだったでしょう。ほんとじゃないと明らかにして差し上げられたのなら、けっこうなことですわ」

ベイジルは、厳しい表情で応じた。「ミス・ショーのことでしたら、なにも明らかにはなっていませんよ。危険の可能性があることは警告しましたね。その警告をあらためて申し上げておきます」

「まあ」彼女は目を曇らせた。「これですっかり終わったと思ってましたのに……」

「これについて、その後なにか気づいたことはありますか？」ベイジルは、ミス・ショーのキーツの本から見つけた紙片をデスクから取り出した。

「そんな時間もありませんでしたし」シャーロットは、胸飾り《ジャボ》をまさぐり、打出し細工のデザインが施された、長い細身の銀色のイタリア製柄付きめがねを取り外すと、めがねごしに薄汚い紙片を上品に覗き込んだ。「すべて文字と数字ですわね――4C104WS――金庫の暗証番号かしら？」

「値段三十ドルの商品の領収書みたいね」とギゼラが言った。「4C104WSで表される商品ね。デパートって、衣類とかの商品の種類やサイズを表すのに、コードナンバーを使うんじゃなかった？」

「デパートの付け札やレシートじゃないね」とベイジルは言った。「印刷された部分がない。ただの手書きの走り書きだよ」

「それなら、なんだかさっぱり分かりませんわね」柄付きめがねをパチンとたたみ、その黒いリボンを胸に引っかけてぶら下げた。「たいしてお役に立てず申し訳ありません！」

「いや、大変役に立ちましたよ」とベイジルは言った。「おそらく、あなたが気づいてらっしゃる以上にね。念のためもう一度申し上げておきますが、この紙片のことは誰にも話さないでください。話せば危険を招くでしょう」

シャーロットが帰ると、ギゼラはすぐに驚き顔で夫のほうを見た。「スティーヴン・ローレンスのことを話さなかったわね！」

「そんなことしたら、昨日の夜についての彼女の印象も変わってしまうし、彼女が観察したこともみんな歪んでしまうよ」と説明した。

「誰からもまだその話を聞いてないってのも変ね」

「そう思うかい？　自分の自殺未遂か、娘による安楽死殺人の未遂と受け取られかねないようなことをローレンスが言うはずがない。娘のほうだってそうさ。ぼくも事故としてしか人に話すつもりはないよ。そうじゃないという証拠もないしね。たぶん、金曜の夕食会に出席していた人たちも、そのあとローレンスに起きたことなど、なにも疑ってはいないさ――手を下した人間は別だろうけどね」

ギゼラははっとして夫を見つめた。「それじゃ、みんな金曜の夜に夕食会でまた集まるのね！　なにか手は打てないの？」

ベイジルは聞いている様子がなかった。文字と数字の走り書きがある薄汚れた紙片を見つめていた――4C104WS……。

その夜、夕食をとったあと、祖父母から相続した古い本が並んでいる本棚に行き、表紙にシミのついた、背表紙と四隅が革製の薄い本を取り出した――雑誌や冊子を所有者が自費で製本した、十九世紀の装丁だ。

すっかり夢中になって読んでいるものだから、とうとうギゼラも夫の肩越しに、何の本なのか覗いた。「ディケンズね！　よりによって！『リリパー夫人の遺産』って聞いたことないわ」

「面白い短編だよ――というか、面白い短編集だね――語り手は、リリパー夫人の下宿人たちなんだ。その一人が妙に現代的でね、ぼくたちの時代の不安と重なり合うような、フランス革命前の雰囲気を持っている人物だ。祖母は一八七〇年に駅のプラットホームでこの作品を買ったんだ。現在の再刊本と同じで、ペーパーバック版だよ」

ギゼラはその後数日、夫が何度もその本を読み返している姿を見たが、金曜の午後になってようやく本を下に置くと、彼の目には新たな表情が宿っていた――決意と興奮を表す表情だ。

「なにか気づいたのね!」と彼女は叫んだ。

「いろいろね。ダガンが殺された理由と方法も分かったと思う」

「パーディタが言おうとしなかったことから分かったの?」

「いや。パーディタが言い添えたことからさ。それも不用意にね。今その話をする時間はない。ツィンマー博士の家に彼らが集うまでに二時間しかないんだ。マンハッタンの市街地図はあるかな?」

## 2

その通りは、市を北西から南東へと横切る本通りだった。界隈のほかの通りと同じく、派手なわりに薄汚くゴミだらけだ。日没前というのに、ほかの通りより薄暗かったが、それというのも、向かい側に市の刑務所の陰気な姿がブロック全体に暗い影を落としていたからだ。ベイジルは車から降り、垂直の冷たい壁、格子の入った狭い窓を見上げた――無慈悲さが煉瓦とモルタルのつくりに表れた建物だ。ほかに住む場所があるなら、人間の弱さを象徴するこんな建物の向かいに住もうとは誰も思わないだろう。

刑務所に背を向け、自分のいる通りの側の家並みに目を向けた――小さくてずんぐりした汚らしい家々で、煉瓦造りもあれば、褐色砂岩造りの家もあったが、多くは一階部分にみすぼらしい小店舗が入っていた。仕立屋、配管業、靴屋、質屋——数か月は続くが、すぐに他の店に入れ替わるような、界隈に商売敵を抱える稼業だ。かどには、〃ウォリック・ストリート〃という本通りの標識があった。ベイジルはブロックの中央に向かい、一〇四番地まで来た。

一方には靴屋があり、別の側には電気の修理屋があった。建物には色あせた茶色のドアがあったが、ひびが入り、ペンキも剝がれていた。ベイジルはその四階建ての建物を見上げた。窓は埃だらけで、割れている窓もある。カーテンも日除けもなく、明かりも見えない。ドアは半開きになっていた。玄関に入ってみた。郵便受けが並んでいた。郵便受けの下の差し入れ口に、紙片に書かれた名前が曇りガラスごしに読めた。マッチをつけ、4—Cの郵便受けの下にある名前に炎をかざした。その差し入れ口には名前はなかった。

ベイジルは隣の靴屋に、キーキーと蝶番の音を立てながら入っていった。窮屈で窓もない小部屋で、革とニンニクの混じった臭いがする。弱々しい電灯が靴屋の作業台の上にワイヤで吊り下げられていた。老人が、革を張り替えていた靴から、ぼんやりと鈍そうな目を上げた。「靴磨きですか?」

「いや、違います。隣の家のことでお尋ねしたいことがありまして」ベイジルは客用の脂じみた椅子に座ったが、そこには、靴を直したり、底を付けたりするあいだ、靴下だけになった客が待てるように、揃いの靴が置いてあった。

「なにも知りませんよ」靴屋は目を伏せ、再びハンマーをコンコンやりはじめた。

ベイジルは黙ってカウンターに五ドル紙幣を置いた。靴屋は顔色も変えずに紙幣を見たが、ハンマーの音は止んだ。

「家は無人なのかい？」

「ええ」

「なぜ？」

「衛生局ですよ。腐りかけてるって言うんです。倒壊しそうだってね。それで、全員、出てったわけで。気の毒な人たちでさ。行く宛てもないのに。ほとんどの連中は、親戚や友人のところに転がり込んだってわけで。あのお節介どもは、どうして連中をそっとしといてやれなかったんだか。あちこちに釘を打ってやりさえすりゃ、家も大丈夫だったろうに。みんな、御殿に住もうと思ってるわけでもないのにねえ」

「家はいつから空き家なんだい？」

「出てったのは六か月前でさ」

「建物の所有者は？」

「ジミー・ブッシュ。かどの質屋をやってるやつでさ。なんでそいつに聞かないんで？」

「あなたに聞きたいのさ」ベイジルは内ポケットから写真を取り出し、カウンターの五ドル紙幣の横に置いた。

靴屋は目をみはり、あごをガクンと落として、動きのない顔を見つめた――ポーズも取らず、修正もない、フラッシュを浴びた生々しい写真だ。「あんた、サツかい?」

「いや」

「その男は死んでるよ」

「これは警察の撮った写真だが、ぼくは警察じゃない。なにが心配なんだい?」

「トラブルさ。悪党は嫌いだが、サツも嫌いだね。どっちともかかわりは持ちたくねえ」

「ぼくは情報がほしいだけなんだ」

ベイジルはカウンターにもう一枚五ドル紙幣を置いたが、今度は二枚の紙幣に手を置いたままにした。

「かもね」

靴屋は金を見つめた。「法廷で証言しなきゃいけないのかい?」

「だめだね」と首を横に振った。「あとでそいつの仲間にやられちまう」

「この男はギャングじゃない」

「悪党はみんなギャングとかかわりがあるのさ」都会に住む者のひねくれた知恵が目に

宿っていた。

「この男は悪党じゃない。警察から質問されることになったら、もっとやっかいだよ」

「サツはもうこの件に手を突っ込んでるのかい?」

「そうさ。でも、ぼくに話してくれさえしたら、警察にはここに来させないようにするよ」

汚れに覆われたしわが縞《しま》のようになった指が、ダガンの写真に触れた。「あの小男だね。空き家になったあとに、隣の家にしばらく住んでたよ。だが、四月初めから姿を見てないね」

ベイジルは二枚の五ドル紙幣から手を離した。紙幣はすぐさま消えた。

外の通りに出て、でこぼこの茶色のドアを再び押し開けると、立ち止まって耳を澄ませた。何の音もしない。玄関を横切り、階段の下に行った。木製の踏み板は中央が摩耗してへこみ、はじはささくれだっていたし、換気がされてない、かび臭い空気が場所全体にこもっていた。最初の踊り場の汚い窓を通してかすかな明かりが射し込んでいたが、その上も下も色濃く影が覆っていた。放置状態も暗さも汚さも予期してはいたが、静けさにはどうにもぞっとさせられる。

階段を上がって行った。

手すりをつかむとぐらぐらし、手触りもざらざらしていた。完全に腐り果て、ぽっかりと穴の開いてしまった踏み板を一つ飛び越さなくてはならなかった。二階に来て、再び立ち止まった。淀みに沈み込んでいくように静けさに取り囲まれた気がした。

次の階段を上がりはじめると、踏み板そのものがぐらついた。踏み板が一番しっかりしていそうな壁側に寄りながら上がって行った。ようやく最上階に来ると、屋根の上げ蓋に届くようはしごがかけてある。薄暗かったため、再びマッチをつけた。漆喰の壁は黄ばみ、欠け目ができ、ひびが脈状に走っていた。ドアが八つあったが、すべて閉まり、真鍮のノブはへこんで錆びついていた。

4―Cという表示のある、うしろの壁のドアに歩いて行くと、自分の足音が大きく響いた。

ノブを回そうとしたが、ドアは鍵がかかっていた。ダガンのスペアキーを鍵穴に試してみた。油を注されていたみたいにスムーズに回った。ドアを押し開けた。すみのほうになにかがうずくまっているように見えたときは、心臓が飛び上がった。だが、それはただの毛布だった。毛布と窓一つのほかは、裸の壁に囲まれた部屋にはなにもなかった。サッシの窓には日除けもカーテンもない。ベイジルは部屋を横切って行き、窓の外を覗いてみた。汚れた窓の向こうには、旧式の錆びた鉄製の非常階段がジグザグに続いていた。非常階段の手すりの隙間を通して斜めに見下ろすと、緑の芝生と崩れかけた石造りの水盤が見え、水がきらめいていた――小鳥の水浴び用水盤だ。

窓の掛け金を開けてサッシを上に上げ、もっとよく見ようとしたが、窓は小さすぎたし、非常階段が邪魔になった。不意に冷たい風のそよぎを感じ、薄暗くなりかけているのに気づいた。目を上げ、非常階段の向こうを見た。ブロックの向かいにある家並みの窓は、火明かりのように照明が瞬いていた。視野には見えないが、日が沈みつつあるのだ。

どこかから雀のさえずる声が聞こえた——水の滴りのような、眠気を誘うさえずりだ。しかし、その聞きなれた声も、離れた往来の車の騒音くらい遠くに聞こえた。ベイジルのいる場所は、世界も魔法にかかったように重々しい静寂の中にあり、下に見える黄昏の光景も幽霊のごとくなにも語ろうとしない。芝生は生い茂り、やけに青々としている。芝生を食《は》む虫もいるだろうし、風で飛んでくる種もあるだろうが、石造りの水盤は水がよどみ、鳴く鳥は一羽もいない。

ベイジルは窓を閉め、足早にドアに向かった。暗くなる前に家を出なくては。ぐらぐらした階段はすでにほぼ真っ暗になっていた。最初の階段を注意深く手探りしながら降りた。さらにマッチをすらなくてはいけなかった。ふと立ち止まった。下の床板が軋《きし》みを立てていないか？　それとも、風がぐらついた窓枠をガタガタ言わせているだけなのか？　こんな家では、なにが起きても不思議じゃない。

一階は完全に真っ暗だった。マッチも使い果たしてしまった。壁に沿って玄関まで行き、ドアを開けた。女が叫び声を上げた。パーディタ・ローレンスの目と正面から視線がぶつかった。

「ウィリング博士！　まあ――びっくりしましたわ。この家は居住不可だと思ってたのに」

「そのとおりですよ」それ以上の説明はせずにドアを閉めた。

彼女は靴屋の横に立っていた。彼が近づいてくると、一歩あとじさった。ベイジルは話しかけた。

「あなたもそうでしょうが、ここでお会いするとは思いませんでしたよ」

「私――通りかかっただけなんです。たまたま近くに来ただけです」

顔が青ざめているように見えるのは、かどの街灯の明かりが弱々しいせいなのか？

無表情に目をぱっちりと開けていたが、まるで彼の存在など意識していないかのようだ。

「この界隈でなにをしておられたのか、お聞きしなくてはなりませんね」と彼は言った。

「誰に会いに来たのか。その理由は」

「だめよ」その声は顔と同じく無表情だった。「だめ、言えないわ。誰にも言えないの」

彼女は背を向け、車道に向かって走って行った。

トラックがちょうどかどを曲がってきた。立ち止まるだけの余裕はあった。しかし、そうしなかった。彼女はトラックに向かって突進して行った。

ベイジルは彼女より速かった。肩で彼女の華奢な体をトラックの進路から側溝に突き飛ばした。トラックはほんの数インチ差でベイジルにぶつかるところだった。すれ違いざまの風が突風のように顔に当たるのを感じた。そのあと、彼女が身じろぎもせずに倒れているのに気づいた。頭を縁石にぶつけたのだ。

# 第十三章

## 1

ベイジルは救急病棟から下の階に降り、廊下を通って受付に行った。そばには救急車の車寄せに続く大きなガラスドアがある。

スティーヴン・ローレンスが目を上げた。顔は干上がってしまったようにしわだらけに見えた。

ベイジルは首を横に振った。「まだ意識は戻りません」

ローレンスは椅子の背に片腕を乗せ、そこに顔を伏せた。

ベイジルは腕時計を見た。「まだ三十五分しか経っていませんよ。それほど深刻ではありません。エックス線検査でも骨折はありませんでしたから」ローレンスの肩にそっと触れた。「ここで徹夜なさるつもりですか？　彼女の部屋のそばにあなたの部屋を取りますよ」

「ありがとう。そうさせてもらいたい」

「私はパーディタのところに戻らなくては。容体が変わったら、すぐお知らせしますよ」

小さな車がガラスドアの向こうの車寄せに車体を揺らしながら停まった。見張りの警官が警告した。「おい、ちょっと待て！」ガラス越しにも聞こえるほどの大きな声のやりとりがあった。一人の声がとりわけ大きい。「だが、おれはただの記者じゃない！おれはフランク・ロイドだ。あの娘とは知り合いなんだ！　中に入れてくれ！」ロイドは帽子もかぶらず、肩にコートをぞんざいに引っ掛けたまま、ドアから突進してきた。

「スティーヴン！　彼女は――助かるのか？」

「ウィリング博士に聞いてくれ」

「分からない」とベイジルは言った。「まだ意識が戻ってないんだ」

ロイドは椅子に座り込み、片手でクシャクシャの髪をかき上げた。「パーディタ……速報を聞いたときは信じられなかったよ。おれたちの無線車は、警察のパトカーと同じなんだ。彼らの無線連絡に波長を合わせてあるし、もちろん、暗号だってとうに大半はつかんでる。最初に聴き取ったのは事故のシグナルだった。むろんいつものことさ。注意して聞いちゃいなかったよ。晩飯はチョップとクラブサンドイッチのどっちにするか考えてたんだ。そしたら、詳細情報が入ってきた。『パーディタ・ローレンス……重傷……命にかかわる可能性……六十六号車はバロウ・ストリートのスティーヴン・ローレンスに連絡のこと……マーレイ・ヒル病院に搬入……』冷めた退屈そうな声でしゃべってた。まるで誰が聞いていようと関心持つはずがないみたいにな」

「だが、関心のある者が聞いていたと？」

ロイドは顔を真っ赤にした。「自分になにが必要なのか分かったんだ。彼女が助かったら、ぼくはすぐにでもパーディタと結婚したい。会ってもいいですか？　ちょっとだけでも？」

「あとだ。私はすぐ彼女のところに戻らなくちゃ。意識を回復したら、すぐに二人に知らせるよ」

その日の最後のかすかな日差しが、大病院の十六階にある病室にまだ射し込んでいた。その部屋にパーディタは身動きせず横たわっていた。影が頬のくぼみを暗く覆っている。

「顔がデスマスクのようですね」とナースがささやき声で言った。

「だが、脈は安定している」ベイジルは、か細い手首を握りながら言った。「しばらく彼女に付き添っていますよ」

ナースは出て行った。ベイジルはベッドのそばに座り、息にじっと耳をすませ、顔色の変化、まぶたのかすかな動きもつぶさに観察していた。ついにまぶたが動き、目を開けた。その目はぼんやりとベイジルを見つめた。

待っていた瞬間だった——完全に脱力していて、警戒もできない意識回復の瞬間だ。彼女のほうに身を乗り出し、穏やかながらも強く問いただした。

「君を助けたい。今日の午後、ウォリック・ストリートにいたのはどうして？　ぼくをつけてきたの？　それとも、誰かのところへ行く途中だったのかい？」

彼女は眉をひそめ、口をゆがめた。再び目を閉じた。表情が整うのに丸一分はかかった。意識的な意志のなせるわざだ。それからまぶたを開け、ベイジルの目をじっと見つめた。かすかで冷ややかな声がした。「八丁目劇場を探していたの。あの通りの名前がウォリック・ストリートだということも知らなかったわ」

それ以上追及できなかった。傷害が彼女の盾だったし、彼女にもそれがよく分かっていたのだ。

「お父さんとフランク・ロイドに少しだけでも会いたいかい？」

「ええ。ここに来ているの？」その声には不思議そうな響きがあった。意識を失って三十五分も経っていることを理解していないようだ。

ベイジルは受付に電話をし、ローレンスとロイドを呼んでくれるよう頼んだ。

「娘よ……」ローレンスは娘の冷たい手に自分の頬をすり寄せた。

「パーディタ！」それは息も切れそうなほどのささやき声だった。ロイドはベッドの横にひざまずいた。彼のキスのおかげで、彼女の目には光が宿った。「フランク……」

「もういいでしょう」とベイジルは言った。「休まなくてはいけません。ただ、峠は越しましたよ」

ロビーにいるのはベイジルとロイドだけだった。ベイジルは一息ついた。「君の話では、車の無線で、今夜のパーディタの件を警察の事故のシグナルから拾ったんだってね？」

「ああ」

「事故じゃないと言ったら驚くかい？」

「まさか……」

「彼女は自殺を図ったんだ」

「どうして知ってるんですか？」

「現場にいたのさ」ベイジルは、青年の激しい眼差しがじっと見つめ返すのを感じた。

「トラックに轢かれようと自ら飛び出したんだ」

「なんだって」ロイドは意気消沈した。「でも――どうして？」

「未来に目を向けられなかったのさ。彼女はひどく悩んでいた。以前、君と話したときにぼくが思っていた以上に悩んでいたんだ」

「どんな悩みを？」

「ダガン殺しの秘密を知り、そのことを誰にも——君やお父さんにも言えなくなるような罠にはまってしまったんだ。だが、事件が解決したら、彼女は君たち二人を必要とするはずだよ」

「それじゃ……」ロイドは言葉を飲み込むと、また話しはじめた。「それじゃ、いつ事件は解決するんですか？」

「今夜さ。ちょうどフォイル警視と電話で話していたところだ。君も来るかい？　自分で状況をありのままに見れば、パーディタがどんな罠にかかったのかもすぐに分かるだろうし……君なら理解してくれると思う」

「彼女を理解する必要なんかないさ。愛しているんだ。だが、一緒に行きますよ。こんなことをパーディタにしたやつと、五分だけでも二人にしてくれれば……」

ベイジルは笑った。「そんなことは約束できないし、お勧めもできないな。とにかく出発しよう。ぼくの車は外だ。走りながら事件のことを話すよ」

ロイドはベイジルのあとに続いて、大きなガラスドアから出た。「どこへ行くんですか？」

「ウォリック・ストリート一〇四番地だ」

## 2

ぼんやりした電灯が靴屋の店にまだともっていたし、ほかの小さな店にも明かりがついていた。自営で生計を立てる者は、労働時間を惜しんだりはしないものだ。光と影がまだらに見える通りを進んで行くと、一〇四番地の入り口は、周囲から奥まった、暗く陰気で虚ろな空白のようだった。ベイジルとロイドが、ひと気のない建物にこっそり入って行っても、通りすがりに気づく者は誰もいそうになかった。

ベイジルはドアを閉じると、ポケットから懐中電灯を取り出した。ロイドは不気味な階段を見上げると、身震いした。

「パーディタはここにいたんですか?」

「たぶんそうじゃない」

二人が階段を上がって行くと、踏み段がきしみ、なにかがすばやく逃げ去って行くのを懐中電灯の光がとらえた——つやのないグレーの体をした、貪欲そうなネズミだ。4—Cの部屋の前に来ると、ベイジルは懐中電灯をポケットに戻した。

「ここからは照明はなしだ。マッチもだめだよ」

彼は窓のところで立ち止まった。

非常階段の格子を通して、塀と庭の向こうに隣の通りに面した家並みの裏窓が見えた。ベイジルは、以前もこんな眺めが現実離れして見えたことがあったのを思い出した――黒い紙でできたような家並みに、明かりが漏れる、四角く切り抜かれたような窓。

「悪くない観察場所だね」とベイジルは言った。「空き家で、いつでも人に気取られずに出入りできるし、窓から覗いても、非常階段が顔を隠してくれる。だが、気をつけなくてはね。最後にこの部屋を使っていた男は死んだんだ」

「ダガンのことですか？」

「そうさ」

「どうして分かったんです？」

「彼のアパートにメモがあってね――〝W・S〟という謎めいた書き込みがあった。そのあと、ミス・ディーンの助けを借りて、ミス・ショーが本に隠した領収書を見つけたんだ。三月二十六日から四月二十六日まで使用したものにダガンが支払った三十ドルの領収書でね。それがなにかは、〝4C104WS〟としか記されていなかった。最初は、暗号か通し番号だと思ったよ。そのあと、これは暗号じゃなくて、ただの略号だと気づいた。領収書にあったほかの略号も区切られていなかったからさ。こういうぞんざいな男は、分けて書くべき文字や数字をくっつけて書くかも、とね。文字や数字を区切ってみると、4―C 104 W Sとなる――明らかにアパートの住所だ。それから、マンハッタンの市街地図を見て、W・Sはウォリック・ストリートのことだと分かったというわけさ」

「でも、なぜミス・ショーは領収書をとっておいたんですかね？　それに、ダガンが領収書を渡したのはなぜですか？」

「引出金勘定って聞いたことがないかい？」

「記者の必要経費みたいなやつですか？」

「いや、その正反対さ。記者は自分の活動のためにまず自腹で支出して、あとでその分の請求書を出す。ダガンは毎月、活動に必要な額の資金を受け取り、そのあとで、自分が使った額を示す領収書を渡していたんだ。残金は彼の報酬から差し引かれるというわけだ。資本を持たない者にはごく普通の方策だよ――セールスマン、エンジニア、私立探偵――小規模な自営業を営む者にはね。だから、ダガンは敢えてその領収書をくれと頼んだのさ。家主はそんなものは渡したがらないだろう。衛生局に居住不可とされた建物の部屋を貸すのは違法だからね。住所が略号で記され、家賃が三十ドルだったのはそういうわけさ。この部屋は十五ドルくらいの値打ちしかない」

「でも、ミス・ショーは領収書を読めなかったのに」

「誰かが最終的に読んでやったんだろう。それはともかく、こうやって領収書を提出させるほど彼女は実務的だったわけだ」ベイジルは、夜光表示の腕時計の時間を確かめた。

「この非常階段がどのくらいしっかりしてるか、確かめてみよう」

窓を上げて、窓敷居を乗り越えた。鉄製のデッキはしっかりしていて、片足を乗せてもぐらつきそうになく、もう片方の足も移した。頭をかがめて外に出ると、背を伸ばした。「急ごう」

ロイドもあとに続き、階段を降りようとしたが、ベイジルは立ち止まった。「空き家のはずの窓が開いていたりすると、向かい側の誰かが気づいて、変に思うかもしれない」静かに窓を閉め、二人そろって階段を降りて行った。

非常階段の下には庭があった。オオバコが数本に、群生する貧乏草がでこぼこの固い地面に根を張っていた。切れた物干し綱が、地面に突き刺したパイプからぶら下がっている。二人は、汚いぼろきれ、缶詰の缶、マッチの燃えがらが散らかる中を通り抜け、三方を囲む、目の位置より高い板塀のあるところに来た。

板は建物と同じくらい腐ってガタガタだった。ベイジルが板を二枚外し、その隙間から覗くと、イボタノキの生垣の葉が見えた——よく茂り、きちんと手入れされた、塀と同じ高さの生垣だ。

「これは好都合だ」と彼はささやいた。「生垣と塀のあいだを通って行けば、どちら側からも見られずにすむ」

しかし、最初の曲がりかどで、板塀は直角に伸びる鉄柵に突きあたった。ロイドは立ち止まった。「これで目隠しはなくなっちまったな」

「まだ生垣があるさ。反対側はそれほど気にしなくていい」

鉄柵を通して見ると、ツタがまばらに生えている裸地があり、一連の柵で狭い地所に分割されていた。その向こうには、ちらほらと明かりのついている家並みがある。生垣の下の隙間からは、緑の芝生と花壇が垣間見えた。その庭の奥には、ほかと同じような家があるのが見えた。

ベイジルはいったん立ち止まり、地面になにかあるのを見つけた。小さなボールのようで、泥だらけの羽毛、垂れた羽根、曲がった爪、半開きの目をして、身動きもしない。鳥の死骸だ。

ロイドは息をのんだ。「この場所かな？　鳴く鳥がいないというのは？」

ベイジルはうなずいた。

「でも、どうして？」

ベイジルは身ぶりで声を出さないよう指示した。

二人は生垣が消え、灌木の高い茂みのあるところに来た。この茂みと、行く手に見える明かりのせいで、家に近づいていると気づいた。

ベイジルはニワトコの茂みの枝をかき分け、そのまま手で押さえた。思ったより近くに家があるのだ。群生する葉の向こうに、明かりの漏れる開いた窓がはっきりと見える。

女中の黒い影が横切り、夕食のテーブルに白く輝くクリスタルの食器や銀器を並べ、白バラの花を飾って最後の仕上げをするのが視界に映った。

その部屋のすぐ下にある地階の窓も、突然明かりがついた。ベイジルには狭い横長の部屋が見えたが、化学者の実験室らしくしつらえられた、黄色い壁の部屋だ。奥の壁際には、格子のはまった小さな檻《おり》が並んでいる。

化学者用の上っ張りを着た男が、ゴム手袋をはずしながら、窓に背を向けて立っていた。くるりと横を向くと、手袋を横に放り投げた。なめらかな金髪が一瞬明かりに映えたが、ベイジルは、そこにツィンマー博士の穏やかで意志の強そうな顔を見た。

# 第十四章

## 1

「だが、ツィンマーの家は西十一丁目だぞ！」とロイドはささやき声で言った。「西十丁目は通ってこなかったのに」

ベイジルは再び黙って身体を動かした。真相に気づいたのは、〝W・S〟というイニシャルのある通りを市街地図で探したときだ。五番街の西側にある十一丁目の最初のブロックは、反対側に西十丁目があるが、ほかのブロックは、グリニッチ・アヴェニュー、ハドソン・ストリート、ウォリック・ストリートといった大通りが反対側にある。ツィンマー家のあるブロックは、方形ではなく三角形のブロックだし、西十一丁目にあるツィンマー家の裏窓は、ウォリック・ストリートの家並みの裏窓に面している――ベイジルもその重要性に気づかぬうちはそう思い込んでいたように、西十丁目に面してはいないのだ。アップタウンで生活する多くのニューヨーカーと同様、彼も、東西のストリートは規則正しく番号が振られていて、大通りはすべて南北に走っていると思っていた。ところが、マンハッタン島の西岸が東側に鋭角に曲がり、西側の川がノース・リヴァーと呼ばれる、この変則的な街区では、北西から南東に走る大通りもあるし、いくつもの街路が意表を突くようにつながり、グリニッチという昔の村の路地や袋小路が入り組んでいるのだ。

ツィンマーが大声で言った。

「オットー！」

オットーはドイツ語で答えた。「今まいります、ヘル・ドクトル！」すると、オットー本人が窓枠のまばゆい明かりの中に姿を見せた。彼も上っ張りとゴム手袋をしている。

ツィンマーはドイツ語で話し続けた。「上に行って服を着替えてくるよ。掃除しておいてくれ。それと、たばこの火をつけるんじゃないぞ！　そこの蓋をしてないフラスコには、すごく不安定な混合物が入ってるんだ」

ツィンマーが視界から消え、ドアがバタンと閉まる音が聞こえた。オットーも窓枠から姿を消した。ベイジルとロイドには、流しで器具を洗っているらしい、水のはねる音、そのあと、棚に器具を片づけているような足音が聞こえた。オットーはようやく、窓に再び姿を見せた。檻の一つの前で立ち止まり、ツィンマーが彼に向かって使ったのと同じような命令口調で言った。「静かにしろ、こん畜生が！」格子の間からなにかを突っ込んだ。

甲高くキーキー鳴く声が聞こえたかと思うと、静かになった。オットーは離れて行き、明かりが消えた。

「なんですか、今のは？」ロイドはささやき声で言った。

「待ちたまえ。それを突き止めるために、ぼくらはここにいるんだ。それと、ささやくのもやめてくれ」

三本の長方形の明かりの筋が、灌木の向こうの芝生を突然照らした。正装に着替えたオットーが客間の電気をつけていたのだ。今度は英語で話していた。「少々お待ちいただけますか、奥様」

女は明かりの漏れる窓を横切った――ロザマンド・ヨークだ。輝くような金髪をし、透き通るような白いドレスを着て、深紅の外套を脱いでいた。「これを二階に持って行ってくれる、オットー？」

もう一つの窓の奥に、彼女が椅子に座り、たばこに火をつけるのが見えた。いつものクチナシの花を挿して身なりを整えたツィンマーが、急いで部屋に入ってきた。

「ローザ！　軽率じゃないか？」

彼女はたばこを下に置いて立ち上がった。「いいじゃない」

博士は彼女の両手を握った。「だが、ゼアオンは……？」

「ここで落ち合いましょうって言っといたの――あとでね。気にしてる様子はなかったわよ」

彼女は顔を上げて博士を見つめた。彼は身をかがめてキスすると、手を離してぱっと遠ざかった。「ここじゃだめだ！ いつ誰が入ってくるかも分からないんだぞ。私を困らせないでくれ！」

彼女に背を向けると、開いたフランス窓にまっすぐ来て、窓の下半分を覆う格子に両手をつきながら外の庭のほうを見た。

ベイジルとロイドは、思わず灌木の陰に身を隠したが、明るい照明の部屋からでは、外の庭は真っ暗にしか見えないことを思い出した。

ロザマンドは頭を片方に傾げ、口元にかすかに笑みを浮かべながら、しばらくツィンマーを見つめていた。それから、白いスカーフを片手でぞんざいに振りながらぶらぶらと近づいてくると、もう一方の手を彼の腕にからめた。

彼を見つめながら優しく言った。「楽しくやりましょうよ」

「そのつもりさ――だが、軽率なリスクは冒せない」

雨粒がベイジルの手の甲にはねた。それと同時にツィンマーが言った。「雨だ。ダガンがここに来た晩も雨だったな」

オットーが背後から姿を見せた。「窓を閉めましょうか?」

「いや。それだと暑苦しいよ」

「音楽をかけない?」とロザマンドが言った。「雨が降ると、ポタポタと降る音がいかにももの悲しいわ」

ツィンマーはうなずいた。「それもいいかもな」

「買ったばかりのLPレコードになさいますか?」とオットーが尋ねた。

「いや。あれはシリアスすぎる。私の客はみな陽気な人たちなんだ」だが、彼の声は少しも陽気ではなく、むしろ陰気だった。ロザマンドに背を向け、たばこに火をつけた。

「音楽ほど人に奇妙な効果を与えるものはないね。陽気な音楽でも人を悲しくさせる。陽気なだけでなく、目の覚めるような力強い音楽が必要だよ。血沸き肉躍るような音楽がね。人を考え込ませるような音楽はだめだ」

ロザマンドはいきなり大きな笑い声を立てた。「それならあるわ——『メリー・ウィドウ』よ!」

オットーは愛想で微笑んだが、ツィンマーはいかめしく首を横に振った。「あまりにノスタルジックだよ。昔を思い出させて耐え難いじゃないか。それに、昔のことを考えはじめたら、未来のことも考えるようになるものさ。そんなことはさせちゃならん」

「ロシアのジプシー音楽はどう?」とロザマンドは言った。

ツィンマーはまたもや首を横に振った。「あの野性的な情熱には、むせび泣くような響きがあるよ。そうだ！」今度はツィンマー自身が笑った。「アメリカの音楽がいい！　ラジオで聴くようなやつさ！　この世でこれほど頭を働かせない音楽はないよ！　過去も未来も連想させない音楽さ！」

「かしこまりました。すぐに探します」

オットーは姿を消した。ツィンマーはたばこの火を消し、ピアノの前に座った。大きな音で弾きはじめた——客には聴かせたくないと言っていたロシアのジプシー音楽だ。

ロザマンドは怒ったように叫んだ。「やめて！」

音楽がすさまじい不協和音を立てて止んだ。ツィンマーはじっと座ったままだ。

「ごめんなさい」彼女は部屋を横切り、ピアノの椅子まで来ると、彼の肩に両手を載せた。「いつ爆発するか分からない爆弾の上を歩いているような気分だわ。マックス、いつ仕事から引退なさるの？」

「金を十分貯めたらさ」

「言ってたじゃない——来年には……」

「それも、あと数か月でどれだけ金を貯められるかによるよ」

「南米にも行ってみたいけど……。ほんとにそこに定住するつもり？　しばらく滞在するだけにして、戻ってきちゃだめなの？」

「私が南米に定住したいのさ」

「言ったら聞かない人なんだから！」彼女は笑ったが、いら立ちを声ににじませながら言った。「私はオットーと違うのよ。アメリカ人なんだから」

「だが、私は違う」ツィンマーは言い返した。「アルゼンチンに定住したいのも、それが理由の一つだ。あの国では権力が理解を得ているし、尊敬されている。この国の国民は、無政府状態の瀬戸際まで野放しにされている。アメリカ人とロシア人がお互いを滅ぼし合ってきたのは、ほかの国の国民にとってはありがたいことさ！」

「それなら、どうしてはじめからアルゼンチンに行かなかったの？」

「カニングのような友人がいて、ドイツから脱出して、この国に来られるようにしてくれたからさ。アルゼンチンに友人はいなかったんでね。最初から尊敬をもって受け入れられるためにも、金をたくさん貯めてからあの国に行きたいんだ。君も知ってるように、この国に来た当初の数か月はつらかった」

「でも、すぐに繁盛するようになった。あなたは賢かったわ、マックス」

「金を儲けるのを賢いと言うのは、アメリカ人だけだな。思い切って賭けに出る者なら、どんな馬鹿でも金を儲けられるのさ」

「犯罪者なら誰でも金を儲けられると言わんばかりね」ロザマンドは笑うと、背を向けて離れていった。「アメリカ人だって、そんなの分かってるわ」

ツィンマーは立ち上がり、彼女のあとについてきた。「私がやっていることは犯罪とは言えないさ！　優生学の論者が説いていることを実行しているだけだ」

「へえ？」彼女は肩越しに振り返って微笑んだ。「警察にもそう言ったらいいわ！」

「そんなことを言わないでくれ――冗談にもね。慎重にやってきたんだ。必要最小限の人間以外、誰も知らないんだから」

「グレタも？」

「彼女には絶対に言うつもりはない。妹は……」

彼は口をつぐんだ。グレタが部屋に入ってきたのだ。

「ロザマンド！　早かったわね！」彼女はおろおろしていた。「私のほうは準備が遅れちゃって」

「用意できたのかい？」ツィンマーは尋ねた。

「ええ。カレーの味見をして、ルイスにはもう少し調味料を加えるように言ったわ。食堂も確かめたけど、なにもかも上出来よ。なにしろ、アイリーンはアイルランドから出てきたばかりのときに、私が自分で仕込んだんだし、あれから十五年も一緒にいるんだから……。こういう細かいことにすごく神経質なのね、マックス。どうしてなにもかもそこまできちんとしておくことが大事なのかしら？」

玄関の呼び鈴が鳴った。

ツィンマーは立ち上がり、暖炉に背を向けて立つと、グレタもその隣に並んだ。ロザマンドは、ゆっくりとピアノのほうに行った。

オットーの声がはっきりと聞こえた。「ヨーク様です」

十五分後には、いつものメンバーが全員そろっていた。ブリンズリー・ショー、シャーロット・ディーン、ヒューバート・カニング、イゾルダ――ローレンス親子を除く全員だ。外は雨が激しくなり、パタパタと音を立てて葉を叩き、枝からは水滴がしたたっていた。その音と、背後で鳴るダンス音楽のせいで、開いた窓の近くにたまたま来るペアを除けば、会話はまったく聞きとれなくなった。

ベイジルは長身のツィンマーから目を離さなかった。彼とオットーが互いに話のできる距離には決して近づかず、客たちがそろった今、どちらも部屋から出ていかないのに気づいても、特に驚かなかった。

ツィンマーとシルバーのドレスを着た女性が、開いた窓のそばに近づいてきた。背後の明かりがツィンマーのブロンドの髪を際立たせたが、女の顔は陰になってよく見えない。

「顔色が悪いですね」ツィンマーは気遣うように言った。「疲れたんですか?」

イゾルダは途方に暮れたように小さな声で答えた。「怖いのよ、マックス」

「どうして?」

「ラジオで言ってたの。誰もラジオを聴いてないの?」

「何の話ですか?」

「パーディタ・ローレンスのことよ。彼女、入院してるの。死ぬかもしれないのよ。〝交通事故〟ということだけど。マックス、車を運転してたのはあなたなの?」

「黙りなさい!」ツインマーの声は小さかったが、怒りがこもっていた。「あなたはどうかしてるんだ。誓って言うが、私はパーディタの事故とは何の関係もない。そんなことまったく知りませんでしたよ。彼女とローレンスは来るのが遅いなと思っていたんです」

「もしかして……」イゾルダは泣きはじめて声が乱れた。「彼女ならしゃべっちゃうと思わない? 怖気づいてしまうかも」

ツインマーは窓格子のはじを両手でつかんだ。

「いや。しゃべるはずはありませんよ。父親に真相を教えることはできまい。もし彼女が話したら、私は同じことを違う説明の仕方で彼に話すつもりだし、そんなことになったら彼女には耐え難いでしょう。父親にとってもね」

「でも、彼女がうわごとで話したら?」

「考えにくいですな。あり得ないとは言いませんが。こんな仕事では、多少のリスクは冒さぬわけにいきませんよ」

「そんなリスクは冒したくないわ！　マックス、できない――できないわ」

「もっと静かに話してください。あなたはヒステリックになってる。カクテルを飲めば落ち着きますよ。すぐに用意できますから」

「でも、マックス、私たち、これからどうするの？」

「明朝、私の診療所に来てください。そのとき話しますよ」

「計画でもあるの？」

「もちろんです。あると思わなかったんですか？」

「騙《だま》すつもりじゃないでしょうね？　それなら、誰よりも早く警察に駆け込んで、あなたの手を逃れるわよ！」

「信じてください。あなたなら信じてくれるはずだ。さあ、話題を変えましょう。今夜の音楽は気に入りましたか？」

「それほどでも。好きなタイプの音楽じゃないわ」

「どんな音楽が好きなんですか？　けっこう楽譜のコレクションを持ってるんですよ。お見せしましょう」

彼女は気もなさそうにあとに続き、窓のそばのピアノのところに行くと、彼が冊子を開くのを肩越しに見ていた。「このシューマンの歌曲はどうです？」

「楽譜は読めないわ」

「でも、きっと聴いたことがあるはずですよ」彼の声にはかすかに軽蔑の響きがあった。

「少なくとも映画でね。この最初の二小節に聞き覚えは？」音符を四つ静かに弾いた
――D、Dシャープ、F、Fシャープ。

「知らないわ」

「今だ！」ベイジルは灌木から飛び出し、フランス窓に向かって行った。ロイドはわけも分からずあとに続いた。ツィンマーは内ポケットからシガレット・ケースを取り出し、イゾルダに勧めているところだった。

「いいえ、けっこうよ」彼女はむくれたように言った。

オットーがイゾルダに近づいてきた。銀のトレイには色付きのグラスが二つ載っていた――一つはサファイア、もう一つはアクアマリンの色だ。オットーがトレイを差し出すと、サファイア色のグラスがイゾルダの手近なほうに載っていた。彼女が手を伸ばしたとき、ベイジルはフランス窓の格子を乗り越えた。

「それはこちらにいただく」とサファイア色のグラスを彼女の手から取り上げた。

イゾルダは驚きのあまり、ポカンとしていた。オットーは震え出し、もう一つのグラスのカクテルがトレイに少しこぼれた。ツィンマーは火のついていないたばこを口にくわえたまま、石のように立ちつくしていた。マッチの火が指にまで達して、ようやく火を吹き消し、肩をそらせて背筋を伸ばした。

「ウィリング博士！ 思っても見ませんでしたな。こんなに早く、またもやあなたが闖《ちん》入《にゅう》してくるとは！」彼は慇懃無礼に見つめたが、声の震えは抑えられなかった。

イゾルダが叫び声を上げた。ベイジルが彼女の視線の方向を見ると、フォイルが玄関ホールに通じるアーチ形の入り口に立っていた。制服警官が一人、オットーに向かってきたが、十一丁目とウォリック・ストリートにはさまれた角地は、ほかの警官たちが取り囲んでいるとベイジルは悟った。

「ツィンマーを逮捕したまえ」とベイジルは言った。「毒入りの飲み物を確保したよ。彼がオットーに発した合図も分かっている――私が見ている前では三度、つまり、ダガンとミス・ショーが死んだ晩に二度、今夜は一度だ。気づくのに時間を要したけれど――少なくともゼアオン・ヨークとカニング夫妻を救うのには間に合ったよ」

「救うだと？」ヨークの目に恐怖の色が浮かんだ。「私をなにから救ったというんだ、ウィリング博士？」

「カニング夫妻ですって？」イゾルダの声は思い切り高くなった。「まさか、バートが……？」

「気づかなかったんですか？」ベイジルは彼女のほうを見たが、その顔には憐れみともつかぬ表情が宿っていた。「ご主人もツィンマー博士の患者だったのですよ」

カニングは表情が曇り、顔に血がのぼると、ツィンマーに向かって突進した。ヨークが手を伸ばして行く手をさえぎった。「待ちたまえ、バート。もう少し説明を聞きたい」

カニングは険しい表情でイゾルダのほうを向いた。「おまえは……」唇が動いたが、言葉にならなかった。

ブリンズリー・ショーは、柄とも思えぬ悪態をとめどなく下品極まりなくまくしたてていた。シャーロットは思わず彼のそばからあとずさった。

ロザマンドはさっと部屋を横切ってベイジルのところに来ると、かすかな憎しみを込めてにらみつけた。「あなたは友だちだと思ってたんだけど、ベイジル・ウィリング！」

グレタ・マンは苦悶に満ちた目で兄を見つめていた。「おお、マックス！　なにをやったの？」

ツィンマーは身震いした。「君までそんなことを、グレタ？」

彼が手を唇にもっていくのが皆の目に入ったが、すぐさま近づいて、その手を打ち払ったのはフランク・ロイドだった。

「そう簡単にはいかないぜ、ツィンマー！　君は裁判を受けるんだ。君がパーディタになにをしたのかも分かったぞ！」

## 2

雨は深夜にやんだ。ベイジルが帰宅すると、三日月が空の雲間に浮かび上がっているのが図書室の窓から見えた。

「ツィンマーが！」ベイジルが説明をはじめると、ギゼラは息をのんだ。「でも、あなたの話だと、あの晩、ツィンマーはダガンのカクテルには近づかなかったし、ダガンが着いたあと、オットーにも話しかけなかったから、彼を共犯者には使えなかったはずよ。それに、ダガンが着くまで、ミス・ショーが雇った私立探偵が来るなんて誰も知らなかった。みんな、彼女の友人で精神科医のウィリング博士が来ると思ってたんだから」

「ダガンが何者で、なぜそこに来たのか、ツィンマーがすぐさま気づいたとしたら？」とベイジルは言った。「ツィンマーがオットーに二度合図を送ったとしたら？――まずミス・ショー、次にダガンを毒殺するためにね」

「そのあとで死んだ二人について、ツィンマーが二度も見せた動作があれば、あなただって記憶に残ったはずでしょうに！」

「そうかな？」ベイジルは苦笑した。

「それに、ダガンが何者で、なぜそこに来たのかなんて、どうしてツィンマーにすぐ分かったっていうの？」

「ダガンが着いたとき、ツィンマーはまったく柄にもないことをしたものだから、ぼくもずっと思いあぐねていたんだ――彼はダガンの肩に腕を回した。初めて会った相手には普通なら見せない親愛のしぐさだ。今思うと、ダガンのポケットを探るためにそうしたのさ。ツィンマーは、ぼくらのどっちが本物のベイジル・ウィリングか知りたいと思っただけだ。ダガンの札入れの中身を見て、ツィンマーはそれ以上のことを知った。札入れには二つのもの――つまり、ダガンの名で登録された私立探偵認可証と、ジャック・ダガンに振り出され、〝キャサリン・ショー、C・D代筆〟と署名された四百ドルの小切手が入っていたわけだ。〝この男はキャサリン・ショーに雇われたジャック・ダガンという私立探偵だ〟とはっきり印刷されたメッセージも同然だったのさ。

ツィンマーはダガンの札入れの中身を見ると、キャサリン・ショーが自分を疑っていて、調査させるためにダガンを雇ったのだとすぐに悟った。だからこそ、二人とも殺されなくてはならなかった。どちらかがぼくに――地方検事局の一員であるぼくに打ち明けてしまう機会を持つ前にね。

ツィンマーはずっと前から覚悟していたのさ。誰かが疑惑を抱いたり、ヒステリックになったりして、予期せぬ殺人を犯さなくてはならなくなる、そんな緊急事態も起こり得るとね。こうして、オットーにあらかじめ決めておいた合図を送ったんだ。〝私が今話している相手に毒入りのグラスを渡せ。ほかの計画は中止だ〟という合図をね」

「でも、最初の夕食会では、ツィンマーは、どっちの被害者と話していたあいだも、なんの動きも身ぶりも示さなかったって話だったじゃない」とギゼラは反論した。「二度も同じことをしたはずないわ！」

「そうかな？」ベイジルはまたもや苦笑した。「すごく単純な合図だったし、ぼくもすぐ気づくべきだった——読心術の手品でよく使われる、昔ながらの奇術師のトリックさ。それも、日常生活ではぼんやり見過ごしてしまう巧妙なトリックでね。ツィンマーはミス・ショーのステッキを手に取った。象牙製の握りをつかんでね。それから黒檀の本体部分に手を移して持ち、握り部分を向けながらミス・ショーに差し出し、話しかけた。ツィンマーはダガンに話しかけながら、クチナシの花をまっすぐに直し、折り襟を正した。ツィンマーはスティーヴン・ローレンスと話しながら、白い大理石のマントルピースに片手を置き、火掻き棒を手に取った。ツィンマーはイゾルダ・カニングに話しかけながら、ピアノで音楽の小節を弾き、DとDシャープから弾きはじめた。これが死の合図だったんだ——ツィンマーが白いものに触り、次に黒いものに触る、というのがね。

こうした動きを、ステッキと握り、花と折り襟、マントルピースと火掻き棒、ピアノの鍵盤という視点で見ると、ツィンマーが同じ行為を繰り返したとはいえない。だが、色の部分を細々した全体から取り出して見れば、同じ行為を四度繰り返していたことに気づく――白いものに触り、次に黒いものに触ったときの話し相手は、そのあとに死すべき、あるいは死に瀕すべき人間だというわけさ」

「でも、ツィンマーはどうしてそんなにたくさんの人間を殺そうと思ったわけ？」

「歳長ずるにつれて、自然が芸術を映す鏡であり、人生が小説の空想を模倣していることに気づいて驚くようになるものさ」とベイジルは答えた。「ディケンズがベルトラン医師という人について書いた、古い短編があるんだが……」

「知ってるわ」彼女はさえぎった。「あなたが午後出かけたあと、『リリパー夫人の遺産』を私も読んだの。引用だってできるわ。

夕食会を催すのは、ベルトラン医師の大事な仕事の一つでした。その夕食会は限られた人々にはよく知られていたのですが、いつもひそひそと噂の的になっていました。夕食会は豪華で見事だったとか、料理やワインがよそでは絶対にないほど完璧なものだったと囁かれたものです……そしてもう一つ、ベルトラン医師は……経験豊かな優れた化学者であり、ベルトラン医師の客たちは決まって……医師の素敵なおもてなしを受けると、夜が明けるまで生きていようという意欲をなくしてしまったという話です。

それは人生の苦しみから抜け出す、優美で可憐な方法でした……不安も痛みも感じません。なぜって、医師は自分の仕事をよく心得ていましたから。たぶん、ベッドが恋しいと思わせる程度に、ちょっと眠気を催しながら帰宅します。すぐに就寝して——医師は分単位でその時間もちゃんと心得ています——あとは極楽で目覚めるというわけです。せめてそこで目覚めたいと願うところですね。もっとも、これだけは医師も確信が持てない計画部分ではあったのですが……

ツィンマー博士は自殺の仲介業者、現代のベルトラン医師だったっていうの？」
「いや。小説上の先駆者よりも野心的な男だったのさ。ベルトラン医師は自殺を売り物にした。ツィンマー博士はもう一歩進んで、殺人に手を出したんだ。

この事件の三人の被害者のうち、二人——キャサリン・ショー、スティーヴン・ローレンス——がいずれも苦痛に満ちた不治の病に侵されていたことに気づいたとき、動機は安楽死殺人じゃないかと思ったんだ。パーディタの性格に当てはまる動機も、それしかない。『自分で父に毒を盛るなんてできません』と彼女は言っていた。この『自分で』という言葉は、不要だし不自然だ。なぜ単純に、『父に毒を盛るなんてできない』と言わなかったのか？　パーディタは、何者かに自分に代わって安楽死を実行してもらおうとしたのか？　ミス・ショーは同様の理由で同じ人間に毒殺されたのか？　カニングが一杯機嫌で、『中絶手術をさせたり、コカインを買ったりするのと同じように簡単に人を殺せる。闇市はどんなものにも存在するのさ』と言ったのは、どういう意味だったのか？ これらの手がかりはすべて、金で請け負う組織的な殺人――安楽死商社を指し示すものだ。医師だけがそんな事業を手際よく運営できる。となれば、ツィンマーだ。どんな医師も、ときには安楽死という考えに惹かれる。その誘惑に屈した者がいて、その人物に疑惑を抱いた者がゆすりを働いたとしたらどうか？ その人物がゆすり屋を殺したとしたら？ いまやその人物は、慈悲だけでなく憎しみから殺人を犯す真の殺人者ということになる――恐れも情け容赦もなく簡単に人を殺す常習的殺人犯だ。彼はドイツ人の医師でもある。占領下のドイツにいたことがある。望ましくない者は大量虐殺するという、時代遅れの誤った優生学を実行するのに、ナチスが近代科学の技術を活用した絶滅収容所も見聞していた。彼が、自分で認めていた以上にナチスに共感を抱いていると考えてみたまえ。しかも、このドイツ人医師が、戦後に外国の都市で仕事を一からやり直さなくてはならず、手っ取り早い資産形成を必要としているのだとね。

そんな医師が、高額の料金を取って死を販売しようと決めたとも考えられる。なんらかの理由で誰かを厄介払いしたいと望んでいる者にね――キャサリン・ショーのように、相続人が次第に待ちきれなくなっている高齢の金持ち。カニング夫妻やヨーク夫妻のように、もはや一緒にいるのが耐え難いのに、経済的な理由などから離婚できない夫婦。スティーヴン・ローレンスのように、近親も見るに堪えないほどつらい不治の病に侵されている病人。医師はそれなりに気をつけて、潜在的な毒物が含まれている服用薬をすでに飲んでいる者に被害者を限定する。高齢者や病人は確実に睡眠薬を飲んでいる。不幸な結婚生活を送る者は、神経の張りつめた状態で生活しているから、不眠症になって睡眠薬に手を出したり、アルコール依存症になって二日酔いの薬に手を出したりする。被害者自身が常用している薬を過量投与して毒殺すれば、被害者の死体から過量の薬が検出されたとしても、それが事故か、自殺か、殺人か、証明するのは難しいだろう」

「秘密を漏らすことなしに、どうやってそれなりの数の——顧客を見つけることができたのかしら？」とギゼラは尋ねた。

「精神科の開業医として、多くの患者の胸の内に秘めた秘密を知ることができたはずだ。自由連想法などの手法を通じて、患者自身がほとんど意識していない衝動や欲望を探り出すこともできただろう。人の死を望むという無意識の欲望は、精神治療ではごく普通に見出されるものだ。そうした無意識の衝動を明瞭な意識の次元に顕在化させるのは、ツィンマーには容易なことだったろう——よく知られた治療法だからね。だが、真の治療者と違い、患者の殺人への衝動を鎮静化させようとはしなかった。彼には、選ばれた人々を対象に、そうした衝動を意図的に増幅させ、これを合理化するように患者を教え諭すことができた。それから、患者の心に示唆に応じる用意ができてくると、ツィンマーは、殺人は——対価を払いさえすれば——代理でも行うことができると説明したのだろうね。

そこまで考えてくると、実際に毒が盛られたのは、ツィンマーが患者とその家族のために毎週開いている夕食会の際ではないかと思えてきた。客の半数は、他人に死んでほしいと望む強力な動機のある人たちだ。あとの半数は、被害者となり得る人たちだった。シャーロット・ディーンを別にしてね——彼女は目の見えないミス・ショーが付き添いを必要としたから居合わせたにすぎない、罪のない非当事者さ。これは偶然の一致なのか？ それからふと、『リリパー夫人の遺産』とベルトラン医師を思い出したんだ。定例の夕食会で招待客に毒を盛った医師だ。ダガンの死後に開かれた夕食会のことをシャーロット・ディーンが説明してくれたときに、奇妙なことを言っていた。二人の客がなにかを話しはじめると、急に取り乱して話の途中で口ごもったというんだ——その二人というのは、ロザマンド・ヨークとヒューバート・カニングだ。さらに奇妙なことにも気づいたよ。ミス・ディーンが報告してくれた、その途切れた話というのは、さっき言った、潜在的な殺人者と被害者のペアの未来に関する話だったのさ。ロザマンドはゼアオン・ヨークが死ぬことになるのを知っていたのか？ カニングはイゾルダがこの世から消えるのを期待していたのか？ イゾルダとヨークは、スティーヴン・ローレンスのような重病人じゃない。なぜ彼らが死ぬはずだと、かくも自信をもって予期することができるのか？ もちろん、ぼくもその時点では、イゾルダがカニングの死をそこまではっきりと予期していたとは知らなかった――カニング夫妻がどちらも、お互いに疑いを抱かずに相手を殺すつもりでツィンマーを雇っていたとはね。

未来について、もう一つ妙な話があった。フランク・ロイドが、パーディタ・ローレンスがひどく取り乱したのを最初に見たのは、ロザマンドが彼女にこう言ったときのことだ。『そこでは、一つだけ妙なことに気づくはずですわ。私たちの何人かは決して未来のことは話さないのよ……』とね。

それは、ロザマンドがパーディタにツィンマー博士を紹介したときのことだったのでは？　彼は精神科医として紹介されたのか、それとも、安楽死の提供者として紹介されたのか？　パーディタは、ダガンが死んだと聞いたとたん、気を失ったが、それが安楽死ではあり得ないと分かったからであり、それまでは、ツィンマーは人道的な理由でしか人を殺さないし、彼も客たちも真の殺人者ではないと信じ込まされていたからではないのか？　ウォリック・ストリートでパーディタに会ったときには、そうだと確信していたし、ぼくには分かっていたよ、彼女があの界隈にいたのも、今日の夕食会を欠席させてくれとツィンマーの家にもう一度頼みに行ったからだとね。

祖母の『リリパー夫人』の本を読んで、ベルトランとツィンマーには、ぞっとするほどそっくりの類似点があるのに気づいたよ。

気味の悪い事実が一つあって、そのせいで会話もだれてしまうのでした。誰も未来のことに触れようとしないのです。誰も明日の話をしません。これは主催者にしてみれば野暮というものでしょうし、客たちにしてみれば愚にもつかぬことというわけです……

この客たちはみな自殺だったし、自分たちでも分かっていた。ツィンマーの客たちが、いずれも代理殺人の依頼者と自覚のない被害者のどちらかだとしたらどうだろうか？　殺人者にしてみれば、未来のことを語るのは別にかまわないだろうが、心理学的に見れば時おり口ごもらずにはいられないというものだ。

ベルトラン医師の物語を再読して、ツィンマー家でロザマンドに会った晩、彼女がわざとそこから文章を引用していたのに気づいたよ。『みんなお互いを知ることになる』とね。ベルトラン医師は互いの紹介を省くために、その決まり文句を使ったんだ。ぼくがその引用に気づくかもしれないリスクを敢えて冒したのもロザマンドらしいね。彼女がこの件に乗ったのは、ツィンマーを愛していたとか、離婚に応じそうにないゼアオン・ヨーク抜きに彼の金を手にしたかったというだけじゃない。趣向を凝らしたり、金を使って得られる体験には、彼女はもう飽き飽きしていた。危険、それも真の危険こそが新たな刺激だったんだ。だからこそ、頬がやけに病的に火照《ほて》ったり、目がぎらぎら輝いていたりしていたのさ。あの晩、ロザマンドは、ぼくが真相に気づくかどうか賭けてみようというスリルを味わうために、ぼくにもう一つヒントを与える誘惑に逆らえなかった。『あなたは垣根の向こうの人だとずっと思ってた』——犯罪と法の執行を隔てる垣根、殺人者と治療者を隔てる垣根というわけだ。どうりで、『まさか、ここであなたに会うなんて!』と叫んだとき、彼女の声に奇妙な響きがあったわけさ。

ぼくが家に入ってくると、彼女は、ぼくが殺人者のほうなのか、犠牲者のほうなのかと思いあぐねたことだろう。ツィンマーを暗殺請負業として雇った者なら皆そうだが、それ以外にツィンマー家の夕食会に出席する理由はないと知っていたからだ。彼が神経症患者の社交的なふるまいを研究するために夕食会を開いていると信じ込まされているのは、犠牲者と部外者だけだった。それが彼の隠れ蓑だった。当事者は、客として来ていれば、それは殺人者か犠牲者のどちらかだと知っていた。例外は、目の見えないミス・ショーに付き添うのが務めだったシャーロット・ディーン、ミス・ショーが無理やりツィンマー家に招待したダガン、そして、互いを疑うことなく相手を殺そうと考えてツィンマーを雇っていたカニング夫妻だ。ツィンマーの招待状が朝食の食卓に届いたとき、会話はダブル・ミーニングの面白い研究対象になったことだろう。ダガンとミス・ショーの死が、犠牲者たちに疑いを抱かせぬまでも不安な気持ちにさせたときはなおのことね。殺人者側も、見抜かれるのではないかと不安になりつつあったろうしね。ツィンマーは夕食会のはざまの期間、彼らと接触しないようにしていた。電話には応じたが、それというのも、電話越しでは思いを洗いざらいぶちまける度胸はあるまいと踏んでいたからだ」

「ロザマンドみたいな女性を自分の計画に引き込んだのはツィンマーの過ちね」とギゼラは言った。「たくさん過ちを犯してるわ——ダガンが死んだあとに定例の夕食会を再開したのも、フォイル警視とあなたにダガンの探偵認可証を見つけたのを教えたりしたのもよ」

「そうとも言えないさ」とベイジルは異を唱えた。「ツィンマーがダガンの認可証をぼくらに見せたのは、死体の身元が判明すれば捜査も早めに終結するだろうと思ったからだ。それに、どのみちいずれは分かってしまうのなら、警察の情報収集を助けてやれば自分自身から疑惑をそらすことができるという、昔ながらの悪党の策略もあってのことだよ。小切手と札入れを破棄して、ダガンがキャサリン・ショーに雇われていたことを自分が知っていると悟られさえしなければ、認可証を見せても安全だと思ったのさ。新たな殺人を犯さずに夕食会を再開できれば、それも良策というものだろう。残念ながら、女性二人がもはや耐えられないところまで来てしまったんだがね——パーディタとイゾルダさ。

ダガンが死んだあとの最初の夕食会で、パーディタは、ダガンの死が安楽死ではなく殺人だと知っているし、今後の夕食会で誰か死ぬようなことがあったら警察に話すとツィンマーに言ったんだ。ツィンマーは、すぐにパーディタを黙らせなくてはならないと悟った。彼女自身を毒殺すれば、みずからの手でまたもや疑惑の死をもたらすことになる。というのも、彼女に睡眠薬を飲む習慣はないし、死体から薬物が検出されれば、殺人の証拠となってしまうからだ。そこで、彼女が警察に行く前に、父親のほうを毒殺することで、パーディタの口をふさぐことにしたんだ。そうなれば、自分自身も告発することなしに父親の殺人でツィンマーを告発することはできない。彼はパーディタ自身から頼まれた安楽死殺人だと警察に話すだろうし、その証拠も持っていたからね――最初の頃の会話の録音記録だよ。パーディタが安楽死の同意を取り下げたあとにツィンマーがローレンスを殺害したとしても、彼が死ぬ前に警察に行かないかぎり、その録音があれば、父親殺しを依頼したことで彼女を有罪にできる。

スティーヴン・ローレンスが殺害の試みに耐えて命をとりとめたため、ツィンマーはパーディタにさらに過酷な圧力を加えた。父親に、自分の娘が彼の殺害を計画し、その動機も慈悲からではなく、父親の介護に疲れていたためだという証拠を示して絶望に陥れるぞと脅したんだ。ローレンスがどこまではっきり疑いを抱いていたかはぼくにも分からないが、おぞましい真相の片鱗をうすうす感じ取ってはいた。毒を盛られた晩、安楽死を肯定した最初期の書物、トマス・モアの『ユートピア』の言葉をうわごとで断片的に引用していたことでそうと分かったよ（『ユートピア』第二巻七「奴隷について」より）」

「かわいそうなパーディタ……。それで彼女はどうなるの？」

「軽い罰ですむよ。彼女の証言のおかげで、ツィンマーを告発する州政府の論拠が組み立てやすくなるからね」とベイジルは答えた。「スティーヴン・ローレンスもパーディタのことを理解しているし、娘への愛は不変だよ。彼女はきっと、あの新聞記者と結婚するし、世間並みの幸せを手に入れることだろう」

「ほかの人たちはどうなの？」

「シャーロット・ディーンとグレタ・マンは、どちらも無関係だ。ゼアオン・ヨークは自分の生活を築き直すのに骨を折るだろうね。ロザマンド、ブリンズリー・ショー、カニング夫妻、ツィンマーは殺人罪で裁判にかけられる」

「あら、一つ忘れていることがあるわ！　鳴く鳥は絶えてなし、よ！　あれはどういうことなの？」

「被害者が日頃薬として飲んでいる特定の薬物を過量に与えるために、ツィンマーはいろんな毒物を使わなくてはならなかった。それに、動物実験でそれぞれの毒を大量に使わなくてはならなかったのさ。自分の家を出た数時間後に特定の被害者が死ぬように、致死量を正確に見積もらなくてはならなかったし、これは被害者の年齢、体格、代謝などいろんな要素に常に左右されるものだからね。毒殺した動物を疑惑を招かずに処分するのは容易じゃない。大きすぎて都合よく焼却もできないし、下水に流すわけにもいかない。ゴミ箱に捨てれば、腹を空かした犬や、場合によっては子どもを死に至らしめる可能性もあるし、そうなれば警察の捜査につながりかねない。とはいうものの、なんとか消滅させるか、せめて処分しないわけにはいかない。疑惑を招けば、警察が法廷で用いる物証となるからね。一番簡単な方法は、オットーに庭に埋めさせることだった。芝生が青々と威勢よく生えていたのはそのためだ。死んだ馬が腐敗するまま放置される大草原が緑に覆われているのと同じだよ。毒液は灌木や花壇に空けて捨てればよかった。むろん、有毒な殺虫剤と同じで、植物には害を与えることはなかった。ところが、種やニワトコの実には毒が吸収されるし、鳥はこれを毒と一緒に食べてしまう。ツィンマー家の庭に飛んできた鳥はみな死んでしまい、鳥も学習して飛んでこなくなった。ツィンマー家の客間の窓から見える小さな庭は、沈黙の領域になってしまったが、目の見えない女性の鋭い聴覚は、なにかおかしいと感じ取ったわけだ。

老人というものは、青年や中年と比べても、死に強い関心を持つ。ミス・ショーはこの一年ほどのあいだに、ツィンマーの常連客が何人もその家での夕食会後に死んでいるのに気づいたに違いない。明らかな自然死だ。どの医師もためらいなく死亡診断書にサインしている。警察も口をはさんではいない。だが……。

目の見えない者は沈思黙考する時間がたっぷりある。彼女は『リリパー夫人の遺産』

の読者世代でもある。そんなこんなを綜合しながら、ツィンマー博士はベルトラン医師だという想像を膨らませていったに違いない。ある日、彼女はちょっとたわむれにこんなことを自問したのかもしれない。『でも、私を殺そうなんて、誰が望むのかしら？』とね。すると、不意に答えが衝撃的な現実として思い浮かんだ。『ブリンズリーなら望むかも——もしかするとシャーロットも……』ブリンズリーが彼女のいる前で発言したことが、その答えにつながったのかもしれない。言うまでもなく、ツィンマー家の夕食会にダガンを出席させるにあたって、彼が〝ベイジル・ウィリング〟という偽名を使うようにさせたのはキャサリン・ショーだ。ツィンマーは同業の精神科医に会うのに熱心だったから、疑いを抱かれることはあるまいと彼女は思ったし、いったんそうした手はずを整えられては、ダガンとしても従わざるを得なかった。それと、ダガンがキーツの詩句を知ったのも、ミス・ショーからだ。

目の見えない者は、触覚や聴覚が異常に鋭くなるものだ。ツィンマー家の庭に面した窓のそばに座りながら、日没を迎えるごとに、キャサリン・ショーは鳥の鳴き声が車の往来の音と同じくらい遠くにしか聞こえないのに気づいたんだ。ところが、たまたまほかの客と話していて、その家の雑草が隣家の庭よりも青々としていて、小鳥の水浴び用に水盤もあることを知った。都会にそんなオアシスがあれば、鳥が頻繁に訪れるはずなのに——鳴く鳥は絶えてなし……」

「そんな庭じゃ鳴くはずないわ！　鳴けるはずないわよ！」ギゼラはかすかに身震いし、夫に身をすり寄せた。

# 訳者あとがき

※プロットの特徴に触れていますので、本編読了後にお読みください。

## 一　シリーズ総ざらい的な面白さ

『二人のウィリング』(原題 Alias Basil Willing)(一九五一)は、精神科医探偵ベイジル・ウィリング博士が登場する九作目の長編である。

本作は、ウィリング博士のシリーズ中でも比較的分量の少ない作品だ。それだけに贅肉が少なく、ある意味、冒険小説的なテンポのよさと展開のめまぐるしさがある。なかでも、ウィリング博士がたまたま立ち寄ったたばこ屋で出会った見知らぬ男が、目の前で博士の名前を名乗ってタクシーに乗り込む発端の意外性は、シリーズ中でも出色のものだろう。その男が殺されるに及んで、真の標的は博士本人だったのではないかという可能性が浮上する展開も他に例のないものだし、男が自分の正体を明かさぬままに、キーツの詩らしき言葉を残して息を引き取る、ダイイング・メッセージの謎も実に面白い。

後に触れる毒殺をめぐる不可能興味横溢の謎もそうだ。さらに、クライマックスで見せるウィリング博士の行動は、名探偵というよりも、まさに冒険小説の主人公さながらのアクションで楽しませてくれる。

『あなたは誰?』(一九四二)をはじめ、シリーズ初期の作品では、「アメリカで最初の精神科医探偵」というウィリング博士の位置づけを意識してか、専門的な心理学の知識を活かした重厚なプロットの作品が多い。ところが、本作は難解さのないエンタテイメントの性格が強く、ダイイング・メッセージ、不可能犯罪といった、オーソドックスな謎解きのファクターに加え、主役探偵の偽者の出現から始まる起伏のある展開と、多彩な個性の登場人物たちが万華鏡のように演じるそれぞれの場面が引き締まったスペースの中に濃い密度で凝縮されていて、ストーリー展開のダイナミクスと分かりやすさという点では、シリーズでも一、二を争う面白さと言えるだろう。

とはいえ、心理学の知識を縦横に駆使するプロットの特徴は本作でも健在で、修正フロイト主義者やウィーン学派と勝手に決めつけられながら、どの学派にも属していないと主張するウィリング博士と、ゲシュタルト心理学を支持するツィンマー博士との精神治療をめぐる議論も、一見、専門的な知識を衒《てら》っただけのサブプロットにすぎないように見えながら、実はプロットの根幹に関わる重要な手がかりをなしていることが分かる。

もう一つ、本作の特徴を挙げるとするなら、フーダニットとしてのユニークさだろう。

容疑者を最小限に絞り込む傾向のあるマクロイの作品では、犯罪の主体は単独犯であることが多い。ところが、本作では、アガサ・クリスティの某有名作品を意識したかのように、現場にいた容疑者の過半が事件に関わりを持っていたことが明らかになる。これはマクロイの作品では極めて珍しいことだ。しかも、各人が犯行の一部を受け持つという単純な設定ではなく、大きな犯罪のスキームの中に一人一人の動機を位置づけ、綿密な性格描写を盛り込みながら、(冒険小説的展開に気を取られると見逃しそうになるが)それぞれの手がかりを随所にちりばめるという手の込んだプロットを築いている。(The Pleasant Assassin and Other Cases of Dr. Basil Willing(二〇〇三)の序文でB・A・パイクも特筆しているように)職業も貧富も家庭の成り立ちもばらばらで一見無関係に思える人々の群れが、ある共通した恐るべき動機のもとに一点に集約される大団円を、荒唐無稽に思わせることなく演出する巧みさは、まさに全盛期のマクロイらしい緻密なプロット構築と言えるだろう。

さらにもう一つ、マクロイの作品を語るとき、避けて通れないのは、時代背景としての第二次大戦である。大戦中に書かれた彼女の諸作品には、頻繁に戦時の状況についての言及が出てくるし、『あなたは誰?』のように、戦時に関わる技術が重要な手がかりをなしている作品もあれば、『逃げる幻』(一九四五)のように、戦後に書かれた作品にも大戦の影響が色濃く残っているものもある(『暗い鏡の中に』(一九五〇)では、ウィリング博士は戦後復興期の日本から帰国した直後という設定になっていて、本作でも海外から帰国したばかりとされている)。マクロイは、一九七〇年代の再刊の際に、自作から戦時への言及を省く改訂を施したこともあったが、のちには、そうした改訂自体の誤りを認め、戦時への言及がむしろ貴重なものであることを強調している。

これらの言及を通じて伝わってくるのは、ファシズムに対する怒りと嫌悪であり、『小鬼の市』(一九四三)、『逃げる幻』、そして本作は、マクロイの反ファシズムの精神がプロットとしても結実した作品と言えるかもしれない。ウィリング博士のシリーズは、心理学の知識が謎解きの重要なファクターとして有機的に組み込まれ、それがプロットの独創性にもつながっているところに特徴があるが、なかでも、『逃げる幻』と本作は、ファシズムにおいて育まれる人間心理の異常性を取り上げている点で共通していて、本作では、ナチス政権下の強制収容所に代表される、ゆがんだ優生学的思想に基づく特定の民族や障害者等に対する絶滅政策がプロット着想のベースにある。

次元は異なるものの、二十世紀末にアメリカでセンセーションを引き起こした、ジャック・ケヴォーキアン医師の事件をはじめ、医師による「尊厳死」の問題は大きな議論の対象となっている。かつてはフィクションでしかなかったこうした事件が、日本も含め、近年になって起きている現実を顧みても、マクロイが取り上げるテーマは、決して時代遅れの時局的な話題ではなく、今日なお新鮮さを失わないアクチュアルなものと言えるのではないだろうか。マクロイの作品の多くが、こうした時局的な時代背景と不可分な特徴を持っているにもかかわらず、今日読んでも古臭さや違和感を抱かせることがなく、若い世代の読者にも人気を博しているのもこのためだろう。そこには、時局的な世界の動きや出来事の中にも、時代を超えて人々の心に訴え、問題提起をし続けるテーマが存在することを過たず見抜く作者の洞察力すら感じられる。

以上を総括すれば、心理学、第二次大戦という得意の素材を盛り込みつつも、冒険小説的な展開によってストーリー全体をまとめ上げながら、その枠組みの中でフーダニット（犯人）、ハウダニット（手段）、ホワイダニット（動機）という謎解きとしての主要なファクターすべてに趣向を凝らし、シリーズのレギュラー・メンバーもほぼ勢揃いさせた総ざらい的な面白さを持つマクロイ中期の傑作が『二人のウィリング』なのである。

## 二　登場人物について

ベイジル・ウィリング博士については、『あなたは誰？』のあとがきでもプロフィールを紹介しているので、ここで詳しく紹介するのは避けるが、その他のシリーズ・キャラクターについて若干補足しておこう。なにしろ、先に述べたように、本作ではシリーズのレギュラー・メンバーがほぼ勢揃いしているからだ。

ウィリング博士の妻、ギゼラは、元の名をギゼラ・フォン・ホーヘンエムスというオーストリア人であり、The Man in the Moonlight（一九四〇）において、事件現場であるヨークヴィル大学のコンラディ博士の秘書として初登場する。The Deadly Truth（一九四一）をはじめ、その後の作品にもたびたび登場し、『暗い鏡の中に』ではウィリング博士と婚約していて、本作では既に結婚している。The Long Body（一九五五）では、夫妻はコネティカット州に住んでいて、二人の間にできた娘が初登場している（娘の名前はエリザベスで、リサと呼ばれている）。短編"The Pleasant Assassin"（一九七〇）では、娘は既に大学に通っていて、ここでは母親と同じギゼラという名で呼ばれているが、妻のギゼラは登場しない。短編"A Case of Innocent Eavesdropping"（一九七八）では、娘のギゼラは既に結婚して海外に移り、博士自身はボストンに住んでいる。同作では、妻のギゼラが既に亡くなっていて、その後にボストンに移住したことが触れられている。最後の短編"That Bug That's Going Around"（一九七九）では、娘ギゼラのいるリンカーンをウィリング博士が訪問した時の事件が描かれ、ピーターというよちよち歩きの孫も登場している。『割れたひづめ』（一九六八）を最後に妻ギゼラが作品から姿を消し、唐突に故人という設定になるのは、一九六一年に作者マクロイ自身がブレット・ハリデイと離婚したことと無関係ではないと思われ、仲睦《むつ》まじいウィリング夫妻の姿を描くのが難しくなったのかもしれない。

ポール・ウィリングとその妻のシンシアは、The Man in the Moonlight にも登場するが、そこでは、ポールはブローカーで、ウィリング博士の父方のいとこという設定である。本作では、兄という設定になっていて、娘ギゼラの名前と同様、作品間で細かい点にやや矛盾があるようだ。

パトリック・フォイル次長警視正は、ニューヨーク市警の捜査官で、ウィリング博士とは捜査のよきパートナーとして常に良好な協力関係を保っている。シリーズ第一作の『死の舞踏』(一九三八)で初登場し、The Man in the Moonlight、The Deadly Truth、『家蠅とカナリア』(一九四二)にも登場しているし、『あなたは誰?』と『暗い鏡の中に』では、姿は見せないが博士と電話で話すシーンがある。また、ウィリング博士の登場しない『ひとりで歩く女』(一九四八)にも、探偵役のミゲル・ウリサール警部が受け取った電報の発信人として名前が出てくる。

ランバート博士は、『死の舞踏』、The Man in the Moonlight、『家蠅とカナリア』にも登場する毒物学者で、ジョンズ・ホプキンズ大学でウィリング博士とともに学んだ仲である(本作でも、フォイル警視がそのことに言及している)。『死の舞踏』では、容貌が豚に似ているせいか、〝ピギー〟というあだ名で呼ばれている。

ウィリング夫妻に仕えるジュニパーは、『死の舞踏』によれば、ジョンズ・ホプキンズ大学時代からウィリング博士に仕えているボルチモア出身の黒人の従僕である。

ちなみに、フランク・ロイドが勤めている新聞社「ニューヨーク・スター」は、『あなたは誰?』に出てくる新聞社と同名だが、そこではゴシップを売りにする三流紙として言及されていて、本作と同じ新聞社かどうかはよく分からない。

## 三　ヘレン・マクロイとジョン・ディクスン・カー

本作は、ジョン・ディクスン・カーとその妻クラリスに献《ささ》げられている。不可能犯罪の巨匠カーは、イギリスに在住した期間も長く、英ディテクション・クラブのメンバーにもなっているほどだが、本来はアメリカ人だ。一九四七年にアメリカに帰国し、一九五一年に再びロンドンに居を移していることから、献辞に示されるようなマクロイとの親交はこの期間に培われたものだろう(両者とも当時はニューヨーク在住だった)。

マクロイ自身も、夫だった作家ブレット・ハリデイも、カーとは歳が二歳差と近く、おそらくは夫婦同士で互いに訪問することもあったのだろう。本作では、ウィリング博士がギゼラと結婚したことが初めて明かされ、夫妻の仲睦まじい様子が描かれているが、その姿には、ハリデイ＝マクロイ夫妻自身だけでなく、カー夫妻の姿がなにほどか反映されているのかもしれない。彼らの交流の消息を伝える情報がもっとあればと思うところだが、ダグラス・G・グリーンの『ジョン・ディクスン・カー〈奇蹟を解く男〉』(国書刊行会刊）を参照しても、クレイトン・ロースンやフレデリック・ダネイとの交流には触れられているものの、マクロイとの親交を具体的に語る記述はなく、残念ながら詳細はよく分からない。

だが、接点を示す手がかりはいろいろある。カーは、一九四九年にアメリカ探偵作家協会（MWA）の会長を務めているが、翌一九五〇年にカーから引き継いで（女性として初めて）会長に就任したのはマクロイだ。また、本作と同年の一九五一年に、彼女が夫ハリデイとともに編纂したMWAのアンソロジー 20 Great Tales of Murder には、カーの短編「黒いキャビネット」が収録されている。

そして、マクロイには、ドッペルゲンガーをテーマにした前作『暗い鏡の中に』という、不可能犯罪と超自然的なシチュエーションに合理的な解決を与えた、まさにカーの作品を彷彿とさせる作品がある。エドワード・D・ホック編のアンソロジー『密室大集合』のアンケート調査をはじめ、カー（ディクスン）の代表作とともにしばしば不可能犯罪もののベスト表に選ばれる傑作だ。のちに、The Further Side of Fear（一九六七）や『割れたひづめ』でも密室のテーマに挑んでいるように、マクロイは不可能犯罪のプロットに親近感を持っていたことが窺えるし、作品やプロットを論じても、カーともきっと話が弾んだに違いない。

カーへの献辞を掲げた作品としては、ほかにも、アンソニー・バウチャー（H・H・

ホームズ）の『密室の魔術師』（一九四〇）やリリアン・デ・ラ・トーレの『消えたエリザベス』（一九四五）がよく知られている。前者は不可能犯罪、後者は歴史ミステリと、いずれも共通の関心に基づくカーへのオマージュを献げた作品だ。

こうした作品と違い、本作の冒頭の献辞は、カー夫妻の名が挙げられていることからしても、作家としてのカーに献げたものというより、夫妻への個人的な親しみを込めた献辞であるのは間違いあるまい。従って、その献辞から、大上段に振りかざした不可能犯罪の謎や、カーとロースンのように作家同士で挑戦し合うような試みを期待するとやや当てが外れるかもしれない。

だが、本作には、ささやかながらも、カーを意識したと思える不可能興味が盛り込まれている。一連の毒殺をめぐる謎だ。毒がカクテルに仕込まれていたとすれば、同じピッチャーから注いだカクテルを飲んだほかの客たちはなぜ毒にやられなかったのか、グラスに注いだ後に仕込んだのであれば、どうやって特定のグラスに仕込んだのか、という謎がウィリング博士の前に立ちふさがる。しかも、最も疑わしい人物は、ピッチャーにもグラスにも決して手を触れることはなく、カクテルを作り、グラスに注いだ人物とは言葉を交わすことはおろか、そばに近寄ることもなかったのだ。

アメリカの本格派を代表する作家の一人として、マクロイもまた、親しみを込めて献げた本作にこうした不可能犯罪の謎を採り入れることで、さりげなく巨匠カーに挑戦を試みていたのではないだろうか。もちろん、言うまでもないことだが、魅力的な謎の提示や優れたストーリー・テリングという、ミステリとしての面白さという点でも、本作がカーの作品と大いに共通点を持っているといえるだろう。

なお、本訳書の底本としては、ランダム・ハウス社の米初版を用い、英ゴランツ社の一九七三年の再刊本も参照した。ゴランツ社版は、単語のスペル等をイギリス式に変更した程度で米初版とほとんど差異はない。

## ヘレン・マクロイ著作リスト

☆＝ベイジル・ウィリング博士シリーズ

### 長篇

Dance of Death［英題 Design for Dying］（1938）『死の舞踏』板垣節子訳（論創社）☆
The Man in the Moonlight（1940）☆
The Deadly Truth（1941）☆
Who's Calling?（1942）『あなたは誰？』渕上痩平訳（ちくま文庫）☆
Cue for Murder（1942）『家蠅とカナリア』深町眞理子訳（創元推理文庫）☆
Do Not Disturb（1943）
The Goblin Market（1943）『小鬼の市』駒月雅子訳（創元推理文庫）☆
Panic（1944）
The One That Got Away（1945）『逃げる幻』駒月雅子訳（創元推理文庫）☆
She Walks Alone［改題 Wish You Were Dead］（1948）『ひとりで歩く女』宮脇孝雄訳（創元推理文庫）
Through a Glass, Darkly（1950）『暗い鏡の中に』駒月雅子訳（創元推理文庫）☆

Better Off Dead（1951）「人生はいつも残酷」霜島義明訳　※中篇。『歌うダイアモンド』
（創元推理文庫）に併録。
Alias Basil Willing（1951）『二人のウィリング』☆　※本書
Unfinished Crime［英題 He Never Came Back］（1954）
The Long Body（1955）☆
Two-Thirds of a Ghost（1956）『幽霊の2/3』駒月雅子訳（創元推理文庫）☆
The Slayer and the Slain（1957）『殺す者と殺される者』務台夏子訳（創元推理文庫）
The Last Day（1959）※SF。ヘレン・クラークスン名義
Before I Die（1963）
The Further Side of Fear（1967）
Mr. Splitfoot（1968）『割れたひづめ』好野理恵訳（国書刊行会）☆
A Question of Time（1971）
A Change of Heart（1973）
The Sleepwalker（1974）
Minotaur Country（1975）
The Changeling Conspiracy［英題 Cruel as the Grave］（1976）
The Impostor（1977）

The Smoking Mirror（1979）

Burn This（1980）『読後焼却のこと』山本俊子訳（ハヤカワ・ミステリ）☆

**短篇集**

The Singing Diamonds and Other Stories［英題 Surprise, Surprise!］（1965）『歌うダイアモンド』好野理恵他訳（創元推理文庫）　※邦訳は中篇「人生はいつも残酷」を併録。

The Pleasant Assassin and Other Cases of Dr. Basil Willing（2003）

**編著**

20 Great Tales of Murder（1951）　※ブレット・ハリデイとの共編

# 解説　怜悧と温もりと

深緑野分

ミステリ小説を書くのはとても難しい。

奇抜なトリックを思いついたとしよう。登場人物も用意したし、探偵役もばっちり魅力的に作り込んだ。舞台ももう決めてある。文章もそこそこ書けるから、あとはもう原稿用紙に向かうだけ——そこで、はたと手が止まる。

さあどこから話をはじめようか？　誰の視点で書く？　被害者の視点、犯人の視点、あるいは目撃者の、はたまた事件が舞い込んでくる嵐の前に退屈な時間を過ごしている名探偵の視点でやってみようか？　事件はもう起きているのか？　これから起きるところなのか？　先に明らかにすべきは、誰の、あるいは何についてのことなのだろうか？同じプロットでも、切り口が変われば印象ががらりと変わる。ミステリに限らず、すべての小説に共通することだけれど、読者をお話に引きずり込み、「この先いったいどうなるんだろう？」とわくわくさせるには、プロットをためつすがめつして、どこから切るのが最も正しいのか、見極めなくてはならない。

作家ヘレン・マクロイは、切り口の選び方と物語全体の構成が、抜群に巧い。《ベイジル・ウィリング》シリーズの一部だけでも、導入部の変幻自在ぶりがわかる。『死の舞踏』では雪の路上から発見されたのになぜか熱い死体の謎、『あなたは誰？』は脅迫電話に怯える女性の描写からはじまる。『家蠅とカナリア』では〝物は盗まずカナリアを籠から逃がしただけ〟という奇妙な泥棒の話で幕が開き、『小鬼の市』は暑いカリブにいる不審な男の行動が物語の摑《つか》みとなった。とある女学校の教師が理不尽に解雇されてはじまる『暗い鏡の中に』では、並行して、薄気味悪い気配が白い紙にぽつんぽつんと垂れるインク痕のように意識にこびりついて気にかかる。

そして本作『二人のウィリング』でも、マクロイは非常に魅力的な導入部を用意している。今回冒頭から登場するのはシリーズの主人公ベイジル・ウィリングだ。煙草屋で居合わせた男性客に興味を惹かれ、タクシーに乗るところをじっと観察する。するとその男は、タクシーの運転手に「私はベイジル・ウィリング博士だ」と名乗った――やがて起こる殺人、誰もかもが怪しい関係者たち。しかし絡み合った謎にも結び目がある。名探偵がそれをほどき、一本の糸になる快感。本格ミステリの熱い血潮が流れている作品だ。

私事で恐縮だが、私は短篇ミステリ公募賞の佳作でデビューしたものの、短篇ミステリの難しさに囚われて、丸々二年間、迷走したことがある。プロットはあるけれど、どう書いても収まりが悪く、ボツ作ばかりが積み上がっていく。そうして袋小路で悩んでいた時期、マクロイがアメリカ探偵作家クラブ著、ローレンス・トリート編『ミステリーの書き方』(大出健訳、講談社文庫)に寄せたエッセイ「削除——外科医それとも肉屋?」を読んで、はっとさせられた。以下に引用しよう。

「まず最初に削るべきものは物語の出だしの部分である。ほとんどのアマチュア作家は、物語は最初から始めるのではなく、中間から始めなければならないということを理解していない。幕が上がる前に、既に多くのことが起こっていなければならないのだ」。

この考え方は、同じく作家であった母親から教わったという。マクロイの小説を続けて読んでいると、まるで曲芸師のようだ、宙返りしたかと思ったらバク転し、お次は側転、今度は綱渡り、自由自在に跳ね回って予想がつかない、と驚くのだが、天才的な曲芸師が鍛錬を惜しまないのと同じく、マクロイもこの技術を地道に会得し、磨いていったのだろう。いまだに無駄な文を書いてしまう私は、マクロイが先生だったらさぞかし出来の悪い生徒、ひどい肉屋ぶりだと思われるに違いないが、この一節は今もずっと念頭に置いている。

マクロイの技巧についてはこのくらいにして、他の魅力についても触れておこう。といっても、彼女が描くニューヨークのきらびやかなショービズは楽しいし、映画的で色彩豊かな文章、人間の確執や愛情など、魅力は山ほどあって書き切れない。

そんな魅力の数々から、私がマクロイを愛してやまなくなったきっかけに絞って書いておこうと思う。それは作品の評価というより、彼女の心根そのものだ。

私が一番最初に読んだマクロイの本は『暗い鏡の中に』だった。導入部はもちろん、不気味で恐ろしげな謎とストーリーに、面白いミステリだなあと呑気に思って読んでいたのだが、ベイジルのある台詞で、私はページを繰る手を一度止めた。事件に関わりはじめたベイジルが夜空で瞬く満天の星を仰ぎ、天文学と宇宙にまつわる最新の研究に思いを馳せて、こう呟《つぶや》くのだ――「自分は思いあがってないか？　この未知なる世界ではなにが起こるかわからないだろう？」（駒月雅子訳、創元推理文庫）と。

その一文を読んだ時、私は読むのを一度やめて、空を見た。ミステリの更に向こう側に扉があり、それがふと開いたような気がした。

小説の書き方から、マクロイは怜悧な頭脳の持ち主だとわかる。しかしその一方で、人智の及ばないものへの敬意のようなものを抱く人だったように思う。マクロイは一九〇四年に生まれ、九四年に亡くなるまで、二つの世界大戦と冷戦を経験し、様々な社会現象や思想の変化、人々の間に広がる不安を目撃することとなった。名探偵が「点と点を結べば線になって謎が解けました」とのたまう推理ショーのような、都合のいいところで終わってハイおしまいの話なんて、現実には存在しないとわかっていたのかもしれない。

短篇集『歌うダイアモンド　マクロイ傑作選』(創元推理文庫)に、「風のない場所」という、短くも美しい、喪失と絶望と温《ぬく》もりに満ちた名品が収録されている。私にとってはベストオブベスト短篇に必ず挙げるほど大切な一篇だ。文中の一節を紹介したい。「綺麗だと思わない？　空も海も、太陽も砂も。こんな素敵なものをみんなくれるなんて、神様はなんてお優しいお方なんだろう」(吉村満美子訳)

この一節は、終末後の世界で登場する。何もかも失い、後悔すら無意味な、あと一歩で滅亡するだろう瞬間に発せられるからこそ、響き輝く言葉だ。

マクロイは不安を描くのが巧いし、特にSF作品では人間の愚かさを題材にすることが多い。『歌うダイアモンド』の解説「不安の詩神」で千街晶之氏が書かれたとおり、人間に対して絶望を抱いてもいたのだろう。しかしそれでいて、パンドラの箱の底にある希望を信じる人だったと、私もまた想像している。

頭の回転が速く、論理的で情熱的、視覚や嗅覚などの五感が鋭く、人間観察も得意なミステリ好き。厭世家で、不安と喪失感を抱き続けたが、それでもなお、温もりと希望を求める人だったのではないか。人以外の生き物への眼差しも優しいところは、本作『二人のウィリング』内でもちらりと顔を覗かせる。被害者の家で飼われていた黒猫を殺人課の刑事が引き取ってやるところだ。私も猫飼いなので、残された動物の問題やニユースに心を痛めることが多いが、今回マクロイは、本筋とは若干逸れる話題にもかかわらず、救う描写を入れてくれた。こういう気配りからも彼女の人となりを感じるのだ。マクロイの小説を読みながら、時々想像する。彼女の家のドアを叩いたら、どんな風に迎えてくれるだろうか？　もし彼女の機嫌を損ねず、中へ入れてもらえ、温かいお茶でも出してもらえたら、話をしたい。ミステリと、不安と人間の愚かさ、希望と人間の美しさについて、語らえたら幸せだ。もし原稿を読んでもらえたらもっと嬉しい。けれど少し怖い。きっと片目をつむり、「まだ無駄なところがあるわね」と叱られるに違いないから。

本書はちくま文庫のオリジナル編集です。

本書中で引用されるS・T・コールリッジの詩「老水夫の唄」は「癩」という今日では不適切とされる語句を含んでいますが、作品の時代的背景にかんがみ、また文学作品の原文を尊重する立場から、そのままとしました。

あなたは誰？　ヘレン・マクロイ　渕上痩平訳

匿名の電話の警告を無視してフリーダは婚約者の実家へ向かうが、その夜のパーティで殺人事件が起こる。本格ミステリの巨匠マクロイの初期傑作。

ブラウン神父の無心　G・K・チェスタトン　南條竹則／坂本あおい訳

ホームズと並び称される名探偵「ブラウン神父」シリーズを鮮烈な新訳で。「木の葉を隠すなら森のなか」などの警句と逆説に満ちた探偵譚。（高沢治）

ブラウン神父の知恵　G・K・チェスタトン　南條竹則／坂本あおい訳

独特の人間洞察力と鋭い閃きでブラウン神父が逆説に満ちたこの世界の有り方を解き明かす。全12篇を収録。新訳シリーズ第二弾。（甕由己夫）

氷　アンナ・カヴァン　山田和子訳

氷が全世界を覆いつくそうとしていた。私は少女の行方を必死に探し求める。恐ろしくも美しい終末のヴィジョンで読者を魅了した伝説的名作。

郵便局と蛇　A・E・コッパード　西崎憲編訳

日常の裏側にひそむ神秘と怪奇を淡々とした筆致で描く、孤高の英国作家の詩情あふれる作品集。新訳一篇を追加し、巻末に訳者による評伝を収録。

奥の部屋　ロバート・エイクマン　今本渉編訳

不気味な雰囲気、謎めいた象徴、魂の奥処をゆさぶる深い戦慄。幽霊不在の時代における新しい恐怖を描く、怪奇小説の極北エイクマンの傑作集。

エドガー・アラン・ポー短篇集　エドガー・アラン・ポー　西崎憲編訳

ポーが描く恐怖と想像力の圧倒的なパワーは、時を超え深い影響を与え続ける。よりすぐりの短篇7篇を新訳で贈る。巻末に作家小伝と作品解説。

ヘミングウェイ短篇集　アーネスト・ヘミングウェイ　西崎憲編訳

ヘミングウェイは弱く寂しい男たち、冷静で寛大な女たちを登場させ「人間であることの孤独」を描く。繊細で切れ味鋭い14の短篇を新訳で贈る。

短篇小説日和　西崎憲編訳

短篇小説は楽しい！　大作家から忘れられたマイナー作家の小品まで、英国らしさ漂う一風変わった傑作を集めました。巻末に短篇小説論考を収録。

怪奇小説日和　西崎憲編訳

怪奇小説の神髄は短篇にある。ジェイコブズ「失われた船」、エイクマン「列車」など古典的怪談から異色短篇まで18篇を収めたアンソロジー。

競売ナンバー49の叫び

トマス・ピンチョン
志村正雄訳

「謎の巨匠」の暗喩に満ちた迷宮世界。突然、大富豪の遺言管理執行人に指名された主人公エディパの物語。郵便ラッパとは？（巽孝之）

スロー・ラーナー［新装版］

トマス・ピンチョン
志村正雄訳

著者自身がまとめた初期短篇集。「謎の巨匠」がみずからの作家生活を回顧する序文を付した話題作。驚異に満ちた世界。（高橋源一郎、宮沢章夫）

素粒子

ミシェル・ウエルベック
野崎歓訳

人類の孤独の極北にゆらめく絶望的な愛――二人の異父兄弟の人生をたどり、希薄で怠惰な現代の一面を描き上げた、鬼才ウエルベックの衝撃作。

地図と領土

ミシェル・ウエルベック
野崎歓訳

孤独な天才芸術家ジェドは、世捨て人作家ウエルベックと出会い友情を育むが、作家は何者かに惨殺される――。最高傑作と名高いゴンクール賞受賞作。

せどり男爵数奇譚

梶山季之

せどり＝掘り出し物の古書を安く買って高く転売することを業とすること。古書の世界に魅入られた人々を描く傑作ミステリー。（永江朗）

名短篇、ここにあり

北村薫
宮部みゆき編

読み巧者の二人の議論沸騰し、選びぬかれたお薦め小説12篇。となりの宇宙人／冷たい仕事／隠し芸の男／少女架刑／あしたの夕刊／網／誤訳ほか。

名短篇、さらにあり

北村薫
宮部みゆき編

小説って、やっぱり面白い。人間の愚かさ、不気味さ、人情が詰まった奇妙な12篇。華燭／骨／雲の小径／押入の中の鏡花先生／不動図／鬼火／家霊ほか。

とっておき名短篇

北村薫
宮部みゆき編

「しかし、よく書いたよね、こんなものを……」北村薫を唸らせた、とっておきの名短篇。愛の暴走族／運命の恋人／絢爛の椅子／悪魔／異形ほか。

名短篇ほりだしもの

北村薫
宮部みゆき編

「過呼吸になりそうなほど怖かった！」宮部みゆきを震わせた、ほりだしものの名短篇。だめに向かって／三人のウルトラマダム／少年／穴の底ほか。

謎の部屋

北村薫編

不可思議な異世界へ誘う作品から本格ミステリまで、「豚の島の女王」「猫じゃ猫じゃ」「小鳥の歌声」など17篇。宮部みゆき氏との対談付。

**こわい部屋** 北村薫編

思わず叫び出したくなる恐怖から、鳥肌のたつ恐怖まで。「七階」「ナツメグの味」「夏と花火と私の死体」など18篇。宮部みゆき氏との対談付。

**読まずにいられぬ名短篇** 北村薫・宮部みゆき編

松本清張のミステリを倉本聰が時代劇に!? あの作家の知られざる逸品からオチの読めない怪作まで厳選の18作。北村・宮部の解説対談付き。

**教えたくなる名短篇** 北村薫・宮部みゆき編

宮部みゆきを驚嘆させた、時代に埋もれた名作家・長谷川修の世界とは? 人生の悲喜こもごもが詰まった珠玉の13作。北村・宮部の解説対談付き。

巨匠たちの想像力〔戦時体制〕
**あしたは戦争** 企画協力・日本SF作家クラブ

小松左京、星新一、手塚治虫…、昭和のSF作家たちが描いた未来社会。民族紛争・管理社会など、私たちへの警告があった!（斎藤美奈子）

巨匠たちの想像力〔文明崩壊〕
**たそがれゆく未来** 企画協力・日本SF作家クラブ

小松左京「カマガサキ二〇一三年」、水木しげる「宇宙虫」、安部公房「鉛の卵」、倉橋由美子「合成美女」、筒井康隆「下の世界」ほか14作品。（盛田隆二）

巨匠たちの想像力〔管理社会〕
**暴走する正義** 企画協力・日本SF作家クラブ

星新一「処刑」、小松左京「戦争はなかった」、水木しげる「こどもの国」、安部公房「闖入者」、筒井康隆「公共伏魔殿」ほか九作品を収録。（真山仁）

**60年代日本SFベスト集成** 筒井康隆編

「日本SF初期傑作集」とでも副題をつけるべき作品集である（編者）。二十世紀日本文学のひとつの里程標となる歴史的アンソロジー。（大森望）

**異形の白昼** 筒井康隆編

様々な種類の「恐怖」を小説ならではの技巧で追求した戦慄すべき名篇たちを収める。わが国のアンソロジー文学史に画期をなす一冊。（東雅夫）

**70年代日本SFベスト集成1** 筒井康隆編

日本SFの黄金期の傑作を、同時代にセレクトした記念碑的アンソロジー。SFに留まらず「文学の新しい可能性」を切り開いた作品群。（荒巻義雄）

**70年代日本SFベスト集成2** 筒井康隆編

星新一、小松左京の巨匠から、編者の「おれに関する噂」、松本零士のセクシー美女登場作まで、長篇なみの濃さをもった傑作群が並ぶ。（山田正紀）

**70年代日本SFベスト集成3**　筒井康隆 編

「日本SFの滲透と拡散が始まった年」である1973年の傑作群。デビュー間もない諸星大二郎の「不安の立像」など名品が並ぶ。（佐々木敦）

**70年代日本SFベスト集成4**　筒井康隆 編

「1970年代の日本SF史としての意味も持たせたいというのが編者の念願である」——同人誌投稿作から巨匠までを揃えるシリーズ第4弾。（堀晃）

**70年代日本SFベスト集成5**　筒井康隆 編

最前線の作家であり希代のアンソロジスト筒井康隆が日本SFの凄さを凝縮して示したシリーズ最終巻。全巻読めばあの時代が追体験できる。（豊田有恒）

世界幻想文学大全
**幻想文学入門**　東雅夫 編著

幻想文学のすべてがわかるガイドブック。澁澤龍彥、中井英夫、カイヨワ等の幻想文学案内のエッセイも収録し、資料も充実。初心者も通も楽しめる。

世界幻想文学大全
**怪奇小説精華**　東雅夫 編

ルキアノスから、デフォー、メリメ、ゴーチエ、ゴーゴリ……時代を超えたベスト・オブ・ベスト。岡本綺堂、芥川龍之介等の名訳も読みどころ。

世界幻想文学大全
**幻想小説神髄**　東雅夫 編

ノヴァーリス、リラダン、マッケン、ボルヘス……時代を超えたベスト・オブ・ベスト。松村みね子、堀口大學、窪田般彌等の名訳も読みどころ。

日本幻想文学大全
**幻妖の水脈**　東雅夫 編

『源氏物語』から小泉八雲、泉鏡花、江戸川乱歩、都筑道夫……。妖しさ蠢く日本幻想文学、ボリューム満点のオールタイムベスト。

日本幻想文学大全
**幻視の系譜**　東雅夫 編

世阿弥の謡曲から、小川未明、夢野久作、宮沢賢治、中島敦、吉村昭……。幻視の閃きに満ちた日本幻想文学の逸品を集めたベスト・オブ・ベスト。

**日本幻想文学事典**　東雅夫

日本の怪奇幻想文学を代表する作家と主要な作品を、第一人者の解説と共に網羅する空前のレファレンス・ブック。初心者からマニアまで必携！

**鬼譚**　夢枕獏 編著

夢枕獏がジャンルにとらわれず、古今の「鬼」にまつわる作品を蒐集した傑作アンソロジー。坂口安吾、手塚治虫、山岸凉子、筒井康隆、馬場あき子、他。

**グリム童話（上）**　池内紀訳

「狼と七ひきの子やぎ」「ヘンゼルとグレーテル」「灰かぶり姫」「赤ずきん」「ブレーメンの音楽隊」、新訳「コルベス氏」等32篇。新鮮な名訳が魅力だ。

**グリム童話（下）**　池内紀訳

「いばら姫」「白雪姫」「水のみ百姓」「きつねと猫」などに「すすまみれ悪魔の弟」など新訳6篇を加え34篇を歯切れのよい名訳で贈る。

**ケルト妖精物語**　W・B・イエイツ編　井村君江編訳

群れなす妖精もいれば一人暮らしの妖精もいる。不思議な世界の住人達がいきいきと甦る。イエイツが贈るアイルランドの妖精譚の数々。

**ケルトの薄明**　W・B・イエイツ　井村君江訳

無限なものへの憧れ。ケルトの哀しみ。イエイツ自身が実際に見たり聞いたりした、妖しくも美しい話ばかり40篇。（訳し下ろし）

**ケルトの白馬／ケルトとローマの息子**　ローズマリー・サトクリフ　灰島かり訳

ブリテン・ケルトもの歴史ファンタジーの第一人者による珠玉の少年譚。実在の白馬の遺跡をモチーフにした代表作ほか一作。（荻原規子）

**炎の戦士クーフリン／黄金の騎士フィン・マックール**　ローズマリー・サトクリフ　灰島かり／金原瑞人／久慈美貴訳

神々と妖精が生きていた時代の物語。かつてエリンと言われた古アイルランドを舞台に、ケルト神話に名高いふたりの英雄譚を1冊に。（井辻朱美）

**火星の笛吹き**　レイ・ブラッドベリ　仁賀克雄訳

本邦初訳の処女作「ホラーボッケンのジレンマ」を含む、若きブラッドベリの初期スペース・ファンタジーの傑作20篇を収録。（服部まゆみ）

**高慢と偏見（上）**　ジェイン・オースティン　中野康司訳

互いの高慢さから偏見を抱いて反発しあう知的な二人がやがて真実の愛にめざめてゆく……絶妙な展開で深い感動をよぶ英国恋愛小説の名作の新訳。

**高慢と偏見（下）**　ジェイン・オースティン　中野康司訳

互いの高慢からの偏見が解けはじめ、聡明な二人は急速に惹かれあってゆく……。あふれる笑いと絶妙の展開で読者を酔わせる英国恋愛小説の傑作。

**分別と多感**　ジェイン・オースティン　中野康司訳

冷静な姉エリナーと、情熱的な妹マリアン。好対照をなす姉妹の結婚への道を描くオースティンの永遠の傑作。読みやすくなった新訳で初の文庫化。

動物農場
ジョージ・オーウェル
開高健訳
自由と平等を旗印に、いつのまにか全体主義や恐怖政治が社会を覆っていく様を痛烈に描き出す。『一九八四年』と並ぶG・オーウェルの代表作。

O・ヘンリー
ニューヨーク小説集
青山南＋戸山翻訳農場訳
烈しく変貌した二十世紀初頭のニューヨークへタイムスリップ！まったく新しいO・ヘンリーの読み方。同時代の絵画・写真を多数掲載。（青山南）

エレンディラ
G・ガルシア＝マルケス
鼓直／木村榮一訳
大人のための残酷物語として書かれたといわれる中・短篇。「孤独と死」をモチーフに、大著『族長の秋』につらなるマルケスの真価を発揮した作品集。

カポーティ短篇集
T・カポーティ
河野一郎編訳
妻をなくした中年男の一日を、一抹の悲哀をこめ、ややユーモラスに描いた本邦初訳の「楽園の小道」他、選びぬかれた11篇。文庫オリジナル。

謎の物語
紀田順一郎編
それから、どうなったのか――結末は霧のなか、謎は謎として残り解釈は読者に委ねられる。不思議な「謎の物語」15篇。女か虎か／謎のカード／園丁他

グリンプス
ルイス・シャイナー
小川隆訳
ドアーズ、ビーチ・ボーイズ、ジミヘンにビートルズ。幻のアルバムを求めて60年代へタイムスリップ。ロックファンに誉れ高きSF小説が甦る。

チェーホフ集
結末のない話
アントン・チェーホフ
松下裕編訳
「勘定ずくの結婚」「知識階級のたわけもの」「求職」など庶民の喜怒哀楽をブラックユーモアで綴った50の短篇。本邦初訳を含む新訳で贈る。

新ナポレオン奇譚
G・K・チェスタトン
高橋康也／成田久美子訳
未来のロンドン。そこは諧謔家の国王のもと、中世の都市に逆戻りしていた……。チェスタトンのデビュー長篇小説、初の文庫化。（佐藤亜紀）

バベットの晩餐会
I・ディーネセン
桝田啓介訳
バベットが祝宴に用意した料理とは……。一九八七年アカデミー賞外国語映画賞受賞作の原作と遺作「エーレンガート」を収録。（田中優子）

ボディ・アーティスト
ドン・デリーロ
上岡伸雄訳
映画監督の夫を自殺で失ったローレン。謎の男が現われ、彼女の時間と現実が変質する。アメリカ文学の巨人デリーロが描く精緻な物語。（川上弘美）

**生ける屍**
ピーター・ディキンスン
神鳥統夫訳
独裁者の島に派遣された薬理学者フォックス。秘密警察が跳梁し、魔術が信仰される島で陰謀に巻き込まれ……。幻の小説、復刊。（岡和田晃／佐野史郎）

**お菓子の髑髏**
レイ・ブラッドベリ
仁賀克雄訳
若き日のブラッドベリが探偵小説誌に発表した作品のなかから選ばれた15篇。ブラッドベリらしい、ひねりのきいたミステリ短篇集。

**〝少女神〟第9号**
フランチェスカ・リア・ブロック
金原瑞人訳
少女たちの痛々しさや強さをリアルに描き出し、全米の若者を虜にした最高に刺激的な〈9つの物語〉。大幅に加筆修正して文庫化。（山崎まどか）

**コスモポリタンズ**
サマセット・モーム
龍口直太郎訳
舞台はヨーロッパ、アジア、南島から日本まで。故国を去って異郷に住む〝国際人〟の日常にひそむ事件のかずかず。珠玉の小品30篇。（小池滋）

**昔も今も**
サマセット・モーム
天野隆司訳
16世紀初頭のイタリアを背景に、「君主論」につながるチェーザレ・ボルジアとの出会いを描き、「政治人間」の生態を浮彫りにした歴史小説の傑作。

**女ごころ**
サマセット・モーム
尾崎寔訳
美貌の未亡人メアリーとタイプの違う三人の男の恋の駆け引きは予期せぬ展開を迎える。第二次大戦前夜のイタリアを舞台にしたモームの傑作を新訳で。

**片隅の人生**
W・サマセット・モーム
天野隆司訳
南洋の島で起こる、美しき青年をめぐる悲劇を、達観した老医師の視点でシニカルに描く。人間観察の達人・モームの真髄たる長篇、新訳で初の文庫化。

**モーパッサン短篇集**
ギ・ド・モーパッサン
山田登世子編訳
人間の愚かさと哀れさを、独特の皮肉の効いたユーモアをもって描く稀代の作家モーパッサン。文学の王道から傑作20篇を厳選、新訳で送る。

**コンパス・ローズ**
アーシュラ・K・ル＝グウィン
越智道雄訳
物語は収斂し、四散する。ジャンルを超えた20の短篇が紡ぎだす豊饒な世界。「精神の海」を渡る航海者のための羅針盤。（石堂藍）

**パヴァーヌ**
キース・ロバーツ
越智道雄訳
1588年エリザベス1世暗殺。法王が権力を握り、蒸気機関が発達した「もう一つの世界」で20世紀、反乱の火の手が上がる。名作、復刊。（大野万紀）

ちくま文庫

二人《ふたり》のウィリング

二〇一六年四月十日　第一刷発行

著者　ヘレン・マクロイ
訳者　渕上痩平（ふちがみ・そうへい）
発行者　山野浩一
発行所　株式会社　筑摩書房
東京都台東区蔵前二―五―三　〒一一一―八七五五
振替〇〇一六〇―八―四一二三
装幀者　安野光雅
印刷所　株式会社加藤文明社
製本所　加藤製本株式会社

乱丁・落丁本の場合は、左記宛にご送付下さい。
送料小社負担でお取り替えいたします。
ご注文・お問い合わせも左記へお願いします。
筑摩書房サービスセンター
埼玉県さいたま市北区櫛引町二―六〇四　〒三三一―八五〇七
電話番号　〇四八―六五一―〇〇五三

ISBN978-4-480-43343-5 C0197